악령의 손짓

무서운 이야기 · 리부트

악령의 속삭임
무서운 이야기 • 리부트

초판 발행 2019년 06월 25일
초판 5쇄 2022년 09월 15일

엮은이 송준의
일러스트 김스타
펴낸이 이진곤
펴낸곳 씨엔톡
출판등록 제 313-2003-00192호(2003년 5월 22일)

주소 경기도 파주시 문발로 405 제2출판단지 활자마을
전화 02-338-0092
팩스 02-338-0097
홈페이지 www.seentalk.co.kr
E-mail seentalk@naver.com
ISBN 978-89-6098-602-2 13810

이 도서의 국립중앙도서관 출판예정도서목록(CIP)은 서지정보유통지원시스템 홈페이지
(http://seoji.nl.go.kr)와 국가자료공동목록시스템(http://www.nl.go.kr/kolisnet)에서
이용하실 수 있습니다.(CIP제어번호: CIP2019022810)

악령의 속삭임

무서운 이야기

· 리부트

송준의 엮음

씨앤톡

끝나지 않을 공포로의 초대

괴담은 늘 곁에 있습니다. 어디서나 존재하는 괴담은 사람의 입에서 입으로 전해지다가 이제는 인터넷을 통해 더욱더 널리, 빠르게 퍼지고 있습니다.

제가 어렸을 때 주로 들었던 괴담은 '빨간 휴지 줄까, 파란 휴지 줄까?' 같은 화장실 괴담이었습니다. 초등학교가 아닌 국민학교라는 이름을 갖고 있을 적 학교 화장실은 지금과 같은 수세식 변기가 아니라, 널빤지에 놓인 큰 구멍이 변기인 재래식 화장실이었습니다. 아무도 없는 방과 후, 화장실에서 일을 보고 있으면 화장실 밑에서 손이 올라오면서 "빨간 휴지 줄까, 파란 휴지 줄까?" 물어보는데, 빨간 휴지를 선택하면 죽고 파란 휴지를 선택하면 산다는 이야기입니다.

괴담에 등장하는 재래식 화장실은 낮에도 어둡고 밤이면 더욱 어두컴컴한 곳입니다. 게다가 화장실 변기 아래는 악취도 심하고 깊이를 알 수 없어서 빠지면 절대 헤어나올 수 없을 것 같은 심리적 공포감이 큰 곳입니다. 이러한 사람들의 공포가 '빨간 휴지 파란 휴지' 괴담을 탄생시킨 것이죠. 하지만 이제는 '빨간 휴지 파란 휴지' 이야기를 하는 사람이 없습니다. 수세식 변기의 보급과 함께 재래식 화장실이 사라졌기 때문입니다. 대신 이 괴담은 다른 식으로 변형됩니다. 화장실 아래가 아닌, 화장실 천장에서 내려오는 손으로 말이죠.

1980년대 우리나라를 떠들썩하게 한 괴담이 하나 있습니다. 바로 '빨간 마스크' 괴담입니다. 하굣길에 마스크를 한 여자가 다가와 자신이 예쁘냐고 물어봅니다. "나 예뻐?"라고 물으며 마스크를 벗고 찢어진 입을 보여주는데, "예쁘지 않다."라고 하면 화가 나서 죽이고, "예쁘다."고 하면 "너도 똑같게 해줄게."라며 입을 찢어 죽인다는 괴담입니다. 이 괴담이 한창 유행할 때 골목길에서 노는 아이가 거의 없을 정도였죠.

 사실 이 괴담은 1979년 일본 기후현에서 탄생하여 1980년대 우리나라에 전파된 것입니다. 사람들의 입소문을 통해 계속 전파되던 이 괴담은 2000년대 다시 전국적으로 유행하게 되는데, 재밌는 점은 빨간 마스크뿐만 아니라 파란 마스크, 노란 마스크 같은 괴담의 변형이 이루어진 것입니다. 파란 마스크는 빨간 마스크의 남자친구이며, 노란 마스크는 입냄새가 심해서 왕따를 당한 것이라고 합니다. 그당시 사회 문제, 특히 괴담의 주된 스토리텔러였던 초등학생들의 관심사인 연애와 왕따 문제가 괴담에 반영된 것입니다.

 이렇게 괴담은 시대의 거울처럼 변화하는 시대상을 반영하여 같이 변화하고 있습니다. 그렇기에 괴담은 단지 괴기스러운 이야기가 아니라, 그 시대와 시대를 살아가는 사람들의 보편적인 정서를 보여주는 바로미터적인 성격을 가지고 있습니다.

 이제부터 들려드릴 이 이야기들은 동시대를 살아가는 여러분의 이웃들이 겪은 일입니다. 한번 겪으면 도저히 잊을 수 없는 괴이한 체험이지만 평범한 사람의 일상에서 벌어지는 일들이기도 합니다. 이 이야기들을 들어보는 것은 단순히 순간적인 공포심만 느끼는 데 그치는 것이 아니라 우리의 내면 가장 음침한 곳에서 들려오는 낮고 괴괴한 목소리에 귀를 기울여보는 기회가 될 것입니다.

2019. 6.
송준의

차례

길 찾는 할머니!

10년도 지난 과거의 일입니다.

당시 고3이었던 저는 공부에 대한 스트레스에 집안 분위기도 안 좋았던 터라 유난히 힘들었던 기억이 납니다. 그래서 집에 일찍 가지 않고 독서실에서 공부를 하다가 밤늦게 집에 돌아가곤 했습니다.

그날도 독서실에 갔습니다. 다니던 독서실은 봉고차를 운행했고, 새벽 1시면 학생들을 싣고 각자 집에 데려다주곤 했습니다. 저도 평소에는 1시까지 공부했지만 그날은 유난히 공부가 잘되어서 정해놓은 분량을 일찍 마쳤기 때문에 한 시간 정도 쉴 겸 미리 내려갔습니다.

대기하고 있는 봉고차에 몸을 싣고
음악을 들으려고 엠피쓰리를 찾으려
가방을 뒤적이고 있었는데…….

똑—똑—

봉고차 창문을 두드리는 소리와 함께 어떤 할머니가 봉고차 안을 들여다보고 있었습니다. 깜짝 놀라서 비명을 질렀는데, 할머니는 아랑곳하지 않고 계속 똑똑 두드리는 것이었습니다.

차라리 음악 들으면서 눈이라고 감고 있었다면 몰랐을 텐데 어두운 밤 낯선 할머니와 눈이 마주치니 등골이 오싹했습니다. 하지만 할머니가 계속 빤히 쳐다보셔서 어쩔 수 없이 차 밖으로 나갔습니다.

"학생. 여기가 어디야?"

할머니는 제게 쪽지 하나를 내밀었습니다.
쪽지엔 '1동 807호'라고 쓰여 있었는데, 봉고차가 세워진 아파트 단지 입구에서 바로 보이는 동이었습니다.

"할머니, 저기 1동이라고 적힌 것 보이시죠? 저 건물 8층으로 올라가시면 돼요."

좀 서늘한 기분이 들었지만 그래도 애써 친절하게 대답했는데, 그때 할머니가 갑자기 제 손목을 꽉 잡았습니다.

"그러지 말고 데려다줘……."

갑자기 손목을 잡혀서 깜짝 놀랐거니와, 당시 뉴스를 떠들썩하게 장식하던 인신매매 괴담이 생각나서 무서워졌습니다. 그렇다고 할머니가 도움을 요청하시는 걸 그냥 무시할 수도 없었습니다. 시계를 보니 12시 30분. 봉고차가 출발하기까지 아직 시간은 있었습니다.

"네. 할머니 제가 모셔다드릴게요. 따라오세요."

좋은 일 하는 셈 치고 같이 올라갔습니다. 으슥한 아파트 건물로 들어서 엘리베이터를 탔는데 할머니가 중얼거리듯이 말씀하셨습니다.

"택시비가 너무 많이 나왔어. 택시비가 너무 많이 나왔어."

"얼마나 나왔는데요?"

"3만 원."

"와…… 많이 나왔네요. 어디서 오셨어요?"

"망월동에서 왔는데 택시비가 많이 나왔어."

당시 저는 목동에 살고 있었습니다. 그만한 거리면 택시비가 그쯤 나올 법도 하다 싶었는데 할머니는 계속해서 택시비가 많이 나왔다는 말만 반복했습니다. 할머니가 택시를 장거리로 타본 적이 없어서 그런가 보다 했습니다. 8층에 도착했습니다. 그런데 엘리베이터 문이 열리자 할머니가 갑자기 제 손목을 꼭 잡으시는 거였어요.

"발소리 내지 마……."

"네?"

"발소리 내지 마."

속으로 이상하다고 생각했지만 8층까지 일단 올라왔으니 집까지 모셔다 드리려고 807호로 향했습니다. 복도식 아파트였는데 807호 문이 반쯤 열려 있었습니다. 그 안에 사람들이 많이 모여 있는 것 같은 느낌도 들었습니다.

"할머니 들어가시는 거 보고 갈게요."

"그냥 가, 어서. 발소리 내지 말고……."

할머니 말이 이상했지만, 봉고차 출발 시간도 다가와서 엘리베이터로 향했습니다. 그래도 할머니가 제대로 들어가셨는지 걱정되어 바로 뒤를 돌아보았는데, 할머니는 사라지고 없었습니다.

엘리베이터에서 807호까지 꽤 거리가 있었는데, 불과 2, 3초 뒤돌아 있던 사이에 사라지신 것입니다. 발소리조차 들리지 않았는데 말입니다.

갑자기 소름이 돋아 서둘러 봉고차로 향했습니다.

집에 가면서 생각해보니 이상한 점이 많았습니다. 새벽 1시 무렵. 그 늦은 시간에 그렇게 먼 데서 할머니가 오시는데 가족 중 아무도 마중 나오지 않았다는 게 이상했습니다. 할머니가 오신 곳은 망월동이었습니다. 망월동엔 옛부터 공동묘지가 있는 곳이었습니다. 지금은 납골당으로 많이 바뀐 모양이더군요. 할머니가 망월동에서 오신 것도 예사롭지 않은 데다, 807호에는 늦은 밤 사람들이 웅성거리며 모여 있었고, 누군가를 기다리는 듯 문은 활짝 열려 있었습니다.

아무래도 전 제삿날 할머니의 영혼을 모셔다드린 것 같습니다.

누구세요

지금 살고 있는 할아버지 댁에서 겪었던 일입니다. 할아버지 댁에서 살게 된 건 약 2년 전부터이고, 이 일을 겪은 건 제가 부모님과 함께 살던 때였습니다.

아마도 초등학교 5, 6학년 때였을 겁니다. 추석을 맞아서 많은 일가친척들이 명절을 쇠러 할아버지 댁에 모였습니다. 그 당시에는 저도 사촌 형이나 누나, 동생 등 여러 식구들이 모여 즐거운 시간을 보내는 게 좋았고 참 재밌었던 시간으로 기억하고 있습니다.

문제는 추석 당일이 되는 새벽에 저 혼자 신기한 경험을 했다는 것이지요.

저희 할아버지가 사시던 그 집은 오래되기도 참 오래됐습니다. 할아버지 말씀으로는 이 집은 6.25 당시 지어졌다고 합니다. 겉으로 보기엔 허름한 초가집이지만 마당을 비롯한 전체 크기는 꽤 큰 편입니다.

자가용 세 대는 너끈히 주차할 수 있는 넓은 마당과 집 오른편에 세워져 있는 비닐하우스, 그리고 외부에 설치되어 있는 아궁이, 여름에 시원히 쉴 수 있는 수돗가도 있습니다. 집 곳곳에는 소, 개, 닭 같은 가축을 키울 수 있는 우리도 있고요.

집 내부도 꽤 넓은 편인데 특이한 점은 거실이 가운데 있는 구조가 아닌, 가장 오른쪽으로 치우쳐 있는 구조란 점입니다. 중앙을 차지하고 있는 공간은 현재 할아버지와 할머니께서 주무시는 안방입니다. 그리고 안방 왼쪽으로 바로 제 방이 있고 주방 앞쪽에는 동생 방이 있습니다. 집 자체가 작진 않아서 그런지 추석이나 설날 같은 명절에 친척들이 많이 오더라도 어떻게든 방 어딘가에 껴서 잠을 청하긴 하더군요.

그날, 저는 남자 어른들과 안방에서 잠을 잤습니다.

제 발아래로는 주방이 바로 이어져 있었는데, 여름 막바지라서 날씨가 여전히 더웠던 터라 집 안의 모든 문이란 문은 활짝 열어두었고, 주방으로 통하는 문도 물론 열어둔 채였습니다. 그때 주방에서는 주로 여자 분들이 주무셨고 집 안의 문들만 열려 있던 것이 아니라 안방에서 마당으로 통하는 창호지 문 두 개도 대청마루 쪽으로 모두 열려 있도록 고정되어 있었습니다. 물론 모기나 파리 같은 해충들이 들어오지 못하도록 모기장이 완벽하게 쳐져 있었습니다.

그때 저는 여름 날씨답지 않은 한기를 느껴서 순간적으로 잠에서 깼습니다. 반쯤 떠진 눈으로 대강 주변을 둘러보니 어르신들이 모두 주무시고 계셨고 전 제 머리 바로 위쪽에 걸려 있던 시계를 보기 위해 몸을 돌렸습니다.

희미하게 보이는 시곗바늘을 찬찬히 바라보니 딱 새벽 4시 정각을 가리키고 있었습니다.
시계를 보고선 "4시가 뭐야, 4시가……. 괜히 기분 나쁘게."라고 중얼거리며 다시 몸을 돌려 바르게 누우려는데, 그때였습니다.

여름엔 해가 일찍 뜨는 편이라 새벽 4시쯤 되면 어둠이 깊지 않아서 모기장이 쳐 있지 않은 문턱 건너편 마당이 그럭저럭 잘 보였습니다. 그런데 대청마루 기둥 옆에 기대고 있는 사람의 뒷모습이 보이는 것이었습니다. 옛날 사극에나 나올 법한 옷차림을 한 남자였습니다. 어둠 속 그 사람은 선비들이 쓰고 다니는 검은 갓과 도포를 걸치고 있었습니다.

순간 얼마나 기겁을 했는지 모릅니다. 지금 이 글을 쓰면서도 그때 그 뒷모습이 소름 끼칠 만큼 선명하게 떠오릅니다. 집 안에 친척 분들이 주무시고 계셨고, 혼자가 아니란 생각을 하자 그나마 두려움이 줄어들면서 마음이 조금 진정되었습니다.

그러곤 '도대체 저 사람은 어디서 왔을까, 언제 왔을까'와 같은 묘연한 궁금증들이 머릿속을 채워 갔습니다. 그래서 순간적으로 "누구세요?"라는 말을 내뱉었는데 입은 움직이면서도 목소리가 나오지 않는 것입니다. 마치 불가사의한 힘이 제 입을 막은 것 같았습니다. 그러면서 혹시 내가 목소리를 내버리면 저 사람이 뒤를 돌아 나를 쳐다볼 것만 같은 공포가 서서히 떠오르기 시작했습니다.

그래서 아주 조심스럽게 자리에 반듯이 누웠습니다. 숨소리조차 제대로 못 낸 채 '내가 헛것을 본 것은 아니겠지.' 하고 혹시나 하는 마음에 마당을 슬쩍 다시 쳐다보니 아직도 그 형체가 있었습니다. 다시 두 눈으로 확인을 해버리고 나니 도저히 안방에 누워 있지를 못할 것 같았습니다. 그래서 도둑이 슬금슬금 도망을 치듯 제 발아래 문이 열려 있던 주방으로 아주 천천히 기어서 빠져나갔습니다.

주방으로 빠져나온 뒤 다시는 안방을 쳐다볼 생각도 안 하고 어렵게 엄마의 옆자리를 비집고 들어가 누워 다시 잠을 청했습니다. 다행히 바로 잠들 수 있었고 일어나니 아침이었습니다. 깨보니 안방에 제사상을 차리느라 주방이 한창 분주했습니다. 저는 일어나자마자 새벽 일이 떠올라 전신에 소름이 끼쳐버렸습니다.

전 엄마와 아빠, 큰어머니 등 어른들을 붙잡고 새벽에 있었던 일을 털어놓았지만 어르신들은 제 장난이라고 생각하셨고, 그나마 절 믿어주시는 몇몇 분은 제가 악몽을 꿨나 보다 하며 달래주셨습니다. 하지만 전 정말 두 눈으로 똑똑히 봤습니다.

다행히도 그 일이 있고 나서 그다음 시골에 내려왔을 때는 같은 일을 겪지 않았습니다. 현재 할아버지 댁에서 살고 있으면서도 그런 일은 없었는데, 이제 와선 이런 생각이 듭니다.

'조상신께서 제사상을 받으러 오셨던 것 아닐까……'

한 가지 좀 꺼림칙한 게 생겼다면 작년 겨울 날씨가 워낙 춥다 보니 바깥바람이라도 막아서 기름값을 아껴 보시겠다며 할아버지께서 집 대청마루 바깥쪽에다가 바람막이로 새시 공사를 하셨는데요. 생각해보니 대청마루 기둥 옆에 계셨던 그분이 이제 새시로 기둥 옆이 다 막혀버려서 서 계실 곳이 없어져버린 것 같습니다.

계실 곳을 사라지게 해서 화가 나신 건지, 새시 공사를 하고 난 뒤로는 집안에 안 좋은 일이 갑자기 많아졌던 게 생각나네요. 그 일을 겪고 나서 저는 지금 귀신이 확실히 존재한다고 믿습니다.

원혼의 방문

제 고모가 겪은 일입니다.

고모는 오랫동안 결혼을 하지 않다가 가족들의 성화에 못 이겨 아이가 둘인 남자에게 시집을 가셨다고 합니다. 요즘 같았으면 소신대로 계속 결혼을 안 하셨을 텐데, 그때는 비혼이나 독신주의에 대한 편견이 심했던 1960년대였기 때문에 어쩔 수 없이 하셨던 것 같습니다.

시집을 가서 한 1년여를 사셨을까요. 하루는 대낮에 방에 누워 설핏 잠이 들었는데, 비몽사몽 눈을 떠보니 머리맡에 웬 여자가 고모를 내려다보며 서 있더랍니다.

한복을 입은 여자였는데, 키가 웬만한 남자보다 훨씬 컸다고 하네요. 전혀 알지 못하는 사람이었답니다. 꿈에서 깨고 난 뒤에도 형형한 눈빛으로 내려다보는 그 여자가 생생하게 떠올라서 썩 기분이 좋지 않았는데, 그 뒤로 시름시름 두통이 오기 시작했답니다. 아무리 약을 먹어도 낫지 않고, 한 달 이상 계속되는 두통에 시달리셨다고 합니다. 주위에 이 얘기를 하니 귀신병이라고 하는 사람도 있었다는군요.

그러던 어느 날, 두 딸이 사진첩을 꺼내 보는 것을 우연히 보게 되었는데, 어느 한 사진을 보고 나서 온몸의 털이 쭈뼛 설 정도로 소스라치게 놀랐다고 합니다. 그 사진 속 주인공은 한 달 전 꿈에서 본 그 여자였던 것입니다. 너무나 놀라서, 두 딸에게 그 여자가 누구냐고 물었더니, 바로 돌아가신 어머니라고 하더랍니다.

그 길로, 고모는 시어머니에게 이 사실을 알렸습니다. 당시 시어머니는 워낙 미신을 강하게 믿던 분이어서 당장 무당을 불러 굿판을 벌였답니다.

한참 굿을 하는 도중에 무당을 통해 돌아가신 분의 혼령이 접신이 되었다고 합니다.

무당의 몸속으로 들어간 혼령은 고모를 무척 원망하는 듯 노려보았다고 합니다. 눈빛을 빛내며 매섭게 쏘아 보길래 고모는 해코지를 당할까 두려워 뒤로 주춤 물러섰답니다. 무당의 몸을 입은 혼령이 점점 고모 곁으로 다가오는데 그때 둘째아이가 고모의 치마폭으로 달려들며 "엄마!"라고, 소리쳤다고 합니다. 그러자 그 혼령이 크게 울면서 고모에게 두 딸을 잘 부탁한다고 하더랍니다. 굿은 그렇게 끝이 났고 그 뒤로 희한하게도 고모의 두통도 사라져서 더 이상 고생을 않게 되었답니다.

나중에 안 사실이지만, 돌아가신 분은 두 딸을 낳고 셋째를 출산하는 도중에 돌아가셨다고 합니다, 그리고 당시 고모는 아이를 임신 중이었고요. 아마도 새 아이가 태어나면 본인이 남겨둔 두 아이가 천덕꾸러기가 될까 싶어 이승을 못 떠나고 계신 게 아닌가 하는 생각을 해봅니다.

지금은 세 아이 모두 자라 저보다도 더 큰 어른이 되었지만, 고모는 요즘도 가끔 그때 그 원한 맺힌 혼령의 얼굴이 떠오른다고 합니다.

예지몽

친구 어머님 가운데 예지몽을 잘 꾸시는 분이 계십니다.

한때 친구 아버님은 차를 가지고 이곳저곳 출장 다니는 일을 하셨답니다. 하루는 친구 어머님이 꿈을 꾸셨는데, 꿈 속에서 남편(친구 아버님)이 방에 누워 자고 있더랍니다.

그런데 남편의 발밑에 어마어마하게 큰 지네가 꿈틀거리 더랍니다. 보기만 해도 징그러운 정도로 컸다네요. 무서워서 보고만 있는데 그 지네가 남편의 발을 타고 올라가서 다리를 지나 점점 몸 위로 올라가더랍니다.

꿈이지만 '아 저걸 쳐내야 하는데……. 그냥 두면 안 되는

31

데…….'라는 생각이 간절했답니다. 그런데도 무서워서 쳐내지는 못했답니다. 그 와중에 지네가 목 근처까지 올라갔는데 지네가 머리를 타고 넘으면 죽는다는 말이 생각나셨다고 하네요. 결국엔 용기를 내어 냅다 쳐내서 지네가 바닥에 떨어지고는 꿈에서 깼다고 합니다.

그날 아침. 어머님은 운전하시는 아버님에게 괜한 걱정을 끼치게 될까 봐 말을 안 하시고 제 친구에게만 "몸 조심해라."라는 말을 하셨답니다.

그런데 친구 아버님이 운전을 하고 가시는 도중 앞에 있던 차들이 추돌사고를 냈답니다.

갑자기 난 사고였고, 바로 앞에 있던 트럭과는 거리가 좀 있어서 괜찮았는데, 다만 그 트럭이 공사용 철근을 잔뜩 싣고 가고 있었다고 합니다. 사고가 나면서 철근들이 뒤로 와르르 쏟아졌는데, 날카로운 철근 끝이 친구 아버님 차의 전면 유리창 바로 앞에서 멈춰서 무사하셨다고 하네요.

친구 어머님이 꿈속에서 아버님의 머리를 타고 넘어가려는 지네를 쳐내지 못했다면, 과연 제 친구의 아버님은 무사하실 수 있었을까요?

수박

제가 고등학교 때 겪은 일입니다.

당시 저는 부산에 살았는데 고등학교 때 절친 중 한 명은 안동이 고향이었습니다. 보통 안동이라고 하면 종갓집 생각하시죠? 그 친구네 집이 바로 종갓집이었고, 어마어마하게 큰 한옥집이었습니다. 안채, 사랑채, 뒤뜰 등등 무지하게 큰 집 말이죠.

친구네 집엔 수박 밭이 있었는데, 방학 때 친구네 수박 밭 일도 도와줄 겸 계곡에서 놀기도 하려고 2박 3일 일정으로 안동에 갔습니다.

낮에 열심히 땀 흘려 밭일을 하고 종갓집 툇마루에 앉아서 먹는 수박 맛이란 완전 꿀맛이더군요. 세 명이서 세 통을 먹었습니다. 너무 맛있었어요.

일도 열심히 하고 배불리 먹었더니 잠이 솔솔 오기 시작했습니다. 에어컨이 필요 없을 정도로 시원한 날씨여서 바깥 별채에서 잠깐 쉬기로 했습니다. 도란도란 이야기를 나누다 보니 슬슬 피곤해서 잠이 들었습니다.

자다가 문득 눈을 떴습니다. 수박을 많이 먹은 탓인지 소변이 마렵더군요. 저는 슬리퍼를 신고 화장실을 찾아 마당으로 나갔습니다. 이럴 줄 알았으면 미리 화장실이 어디 있는지를 알아놨어야 했는데, 집이 워낙 커서 모르겠더군요. 여기저기 헤매다 별채 모퉁이를 돌아서 조금 걸어가다 보니 희미한 연기가 보이는 것이었습니다.

가까이서 보니 웬 할머니, 할아버지가 평상에 앉아서 수박을 드시고 있었습니다. 모기가 많아서인지 평상 한가운데는 모기향까지 피워놓으셨더군요. 제가 근처를 지나니 할머니가 말을 건네셨습니다.

"수박 좀 들고 가시게나."

제가 "수박을 너무 많이 먹어서요, 화장실을 찾고 있는 중이라 소변 보고 와서 먹겠습니다."라고 거절했더니 갑자기 할아버지께서……

"예끼 이놈!! 안 먹을 거면 썩 꺼져라. 이 불한당 같은 놈아!"

이러시는 겁니다. 저는 갑작스러운 호통에 놀라 뛰었습니다. 뛰다 보니 다행히 화장실이 보이더군요. 시원하게 소변을 누고 나니 노부부의 성의를 거절한 게 맘에 걸렸습니다. 할머니, 할아버지를 찾으러 그쪽으로 다시 돌아갈까 했지만 또 수박을 먹으면 밤새 화장실을 들락거려야 할 것 같아서 그냥 잠을 자러 별채로 갔습니다.

피곤했던지 눕자마자 다시 바로 잠들었고 아침에 친구가 흔들어 깨우는 바람에 늦잠을 자지 못하고 일어났습니다. 친구네 집은 오전 7시에 아침 식사를 한다고 하더군요. 비

몽사몽 아침을 먹으러 친구네로 돌아가는데, 가다가 그 자리에 털썩 주저앉고 말았습니다.

돌아가는 길에 어젯밤 노부부가 앉아 계셨던 평상을 봤는데, 그 자리에 무덤 두 개가 있었습니다. 제가 어제 모기향이라고 생각했던 건 향이었던 것입니다.

친구한테 어젯밤 일을 이야기하니, 어제 제가 봤던 노부부는 돌아가신 지 오래되었다고 합니다. 저 무덤은 집터가 있을 무렵부터 있었다는데, 연락이 닿는 친척이 없어서 마을 사람들이 이장을 하려고 몇 번을 시도했지만, 그때마다 노부부가 꿈에 나타나서 결국은 그냥 무덤을 그 자리에 그대로 두었다 하더군요.

문득 그분들이 저에게 주려고 했던 수박의 정체가 뭐였을지 궁금해집니다.

입원

저희 어머니와 이모가 어렸을 적에 겪으신 일입니다.

때는 1970년. 어머니와 이모는 모두 8자매로 형제가 조금 많은 편이었습니다. 당시 어머니 가족은 선산에서 대구로 이사 오셨습니다. 그런데 이사 오고 3년이 지난 어느 날, 이모 중 한 분이 시름시름 아프기 시작했습니다.(이하 A 이모라고 칭하겠습니다.)

처음에는 다들 한 번 정도 앓는 감기몸살이라고 생각했는데, 약을 먹어도 도통 낫지 않았습니다. 하지만 당시 저희 외갓집은 여유 있는 형편이 아니어서 고민 끝에 입원비가 가장 저렴한 병원에 입원을 시키기로 했습니다.

막상 가보니 병원이라고 생각하기도 힘들 만큼 시설이 허름했다고 합니다. 입원비가 다른 곳에 비해 2~3배 정도 저렴한 것도 다 그런 이유일 거라고 납득이 되었다고 합니다. 병실은 지하였습니다. 시설도 열악하고 공기가 탁해서 이런 곳에서 과연 몸 상태가 좋아질까 의심스러울 정도였다고 합니다. 하지만 대안이 없기도 해서 그대로 입원했습니다.

입원한 당일. 할머니께선 이상한 꿈을 꾸셨다고 합니다.

꿈속에서 입원한 A 이모가 하얀 이불을 뒤집어쓴 채로 시커먼 강으로 들어가고 있었다고 하네요. 할머니는 불길한 기분이 들었지만 막상 이모에게 이상한 일이 일어나진 않았습니다. 그렇지만 일주일이 넘어도 이모의 병은 낫지 않았습니다. 시름시름 아프기만 했지요.

그런데 어느 날, 이상한 일이 벌어졌습니다.

그날은 낮에 할머니께서 혼자 이모를 돌보던 날이었습니다. 할머니가 병원에 도착하자 이모가 평소에 덮던 꽃무늬 이불을 안 쓰고, 하얀 이불을 고집하더래요. 할머니는 아픈 사람의 투정이라고 치고 넘어가려는데, 갑자기 일주일 전에 꾼 꿈이 생각나더랍니다.

이모가 하얀 이불을 뒤집어쓴 채 시커먼 강으로 들어가던 꿈⋯⋯.

그래서 할머니는 이모를 혼내고는 그냥 쓰던 꽃 이불을 덮게 했어요. 그리고 집에 돌아오셨고, 저녁 시간이 되어선 지치신 할머니 대신 엄마와 다른 이모 분(이하 B 이모)께서 A 이모의 저녁을 챙겨주러 병원에 갔습니다. 당시 그 병원에는 배식이라는 개념이 없었다고 하네요.

B 이모와 어머니는 병원에 도착해서는 저녁밥을 들고 바로 병실로 향했습니다. 병실이 있는 지하로 내려가는데 멀리서 누군가 달려오는 소리가 들렸습니다. 누가 병원에서 시끄럽게 뛰는 걸까 생각했는데, 계단을 다 내려와서 복도 쪽을 보자마자 B 이모는 바로 기절했다고 합니다.

복도에서 하얀 옷을 입은 여자가 이모를 향해 달려오는데, 얼굴에 눈코입이 전부 뻥 뚫려 있었던 것입니다.

그 모습을 본 어머니는 어린 마음에 너무 놀라 바로 집으로 달려왔습니다. 어머니는 할아버지께 동생도 제대로 챙기지 못했다고 혼났지만, 일단 일이 일인 만큼 바로 할아버지와 함께 다시 병원으로 향했습니다.

병실 복도로 다시 갔을 땐 기절한 B 이모만 있었고, 아까 본 여자는 없었습니다. 그리고 바로 병실에 들어가니 이번엔 입원해 있던 A 이모가 머리에 피를 흘리며 하얀 이불이 있는 사물함에 머리를 계속 박고 있더랍니다.

어머니와 할아버지는 너무 놀라서 A 이모를 말렸지만 A 이모는 계속 "죽여줘~. 날 죽여줘~. 날 데려가~." 이런 알 수 없는 말을 반복했다고 하더군요. 그러다가 기운이 다 소진된 모양인지 쓰러졌다고 합니다.

이상한 일은 기절했다가 깨어난 A 이모가 아무 일도 기억하지 못했다는 겁니다. 자기가 머리를 크게 박았다는 이야기를 믿지 않았다죠. 그리고 다행히도 A 이모는 병이란 걸 모르는 사람처럼 멀쩡하게 일어났습니다. 몸이 너무 개운해서 당장이라도 동네를 뛰어다닐 수 있을 것 같다고 말했답니다.

결과가 좋으면 다 좋은 거라는 말처럼 할아버지는 딸이 아프지 않다고 하니 그저 다행이라고 생각하셨습니다. 그 후로 A 이모는 잔병 없이 자랐다고 하네요.

가끔 어머니께선 이 이야기를 하실 때, 그때 할머니가 이모가 하얀 이불을 덮도록 내버려두었다면 큰일이 나지 않았을까 생각하시더군요. 그 하얀 이불은 시신을 덮는 하얀 시트를 의미하는 것 아니었을까 싶기도 하네요.

진행 중

저는 현역 육군이고 경계근무 시에 있었던 일입니다.

저희 부대는 소규모 대대라서 경계근무를 하는 곳은 위병소와 탄약고밖에 없습니다. 예전에 선후임 간의 갈등으로 탄약고에서 자살 사건이 일어난 적이 있었다고 합니다.

20년쯤 된 일인데, 그때는 탄약고 위치도 현재 위치랑 달랐습니다. 이유인즉, 병사들이 소원 수리에 탄약고에서 귀신이 나타난다는 말을 자주 썼기 때문입니다. 사실 그것만으로는 탄약고 위치가 변경될 일은 아니었지만, 나중에 간부들까지 귀신을 보자 결국 초소와 탄약고의 위치를 재배치했다고 합니다.

그런 일이 있었고 이제 현재, 제 이야기입니다.

하필 그날은 제가 야간 탄약고 근무가 있는 날이었는데 10시에 소등하자마자 동기들이 전부 귀신 이야기를 하자고 하는 겁니다.

그래서 잠귀가 유달리 밝은 저는 빨리 잠들지도 못하고 동기가 하는 이야기를 전부 들어야만 했습니다.

내용인즉 이렇습니다. 동기 병사 한 명(이하 A라고 칭하겠습니다.)이 경계근무 도중, 날이 바뀐 새벽 3시경 장화 철벅거리는 소리를 들었다는 겁니다. 문제는 이날, 비가 전혀 오고 있지 않았음에도 진흙 위를 질퍽거리며 뛰어가는 장화 소리가 미친 듯이 났다는 것입니다.

겁이 없었던 A는 근무를 같이 서던 전우조와 함께 소리가 나는 탄약고 초소 뒤로 향했는데, 점점 소리가 가까워지다가 초소 뒤에서 시야가 확보되는 순간, 뚝 하고 소리가 끊겼다고 했습니다.

저희 탄약고 감시초소는 근처에 유류고가 있고 이 유류

고가 부대 담장과 맞붙어 있습니다. 그래서 되돌아 나가지 않는 이상 이 초소 뒤편에 서 있는 경계근무자들의 시야에서 벗어나는 방법은 단 한 가지, 초소 바로 밑의 기둥에 숨는 것입니다.

하지만 경계조 사수가 내려가서 살펴보아도 그 무엇도 없었다고 했습니다.

그리고 다음 사건은 제 근무 시간에 일어났습니다.

새벽 5시쯤이었습니다. 제가 부사수고 2주 빨리 들어온 동기가 사수를 맡아서 근무를 서는 중이었는데, 부대 막사 방향에서 총소리와 흡사한 굉음이 들려왔습니다.

저는 포상휴가를 얻을 생각에 뒤도 안 돌아보고 무전기로 지휘통제실과 근처 초소에 모두 보고를 때렸습니다.

저희 부대는 상점제도가 관대한 편이라 이렇게 근무 도중 발생한 특이상황 보고만 철저히 해줘도 휴가 하루치에 해당하는 상점을 퍼주거든요. 저 또한 부대 바로 옆에 고속국도가 있는지라, 그냥 타이어 펑크 터지는 소리였겠거니 하고 대수롭지 않게 생각하며 보고를 했던 겁니다. 그런데 이게 웬일. 전화를 받은 위병초소 조장과 위병소 근무자들 2명을 합해 총 3명이 아무 소리도 듣지 못했다고 대답을 하는 겁니다.

심지어 지휘통제실에서 근무하던 당직 사령, 부관, 상황병과 CCTV 감시병들 모두 그런 소리는 듣지 못했다는 것이었습니다. 이 소리는 탄약고 근무자들밖에 못 들었던 겁니다. 그래서 결국 이 사건은 유야무야 넘어가 버리게 됩니다.

그런데 바로 저번 주 월요일 새벽에 또 일이 발생합니다. 똑같은 장화 소리를 들은 병사가 또 나온 겁니다. 이 병사의 이야기를 들어보니 이러했습니다.

새벽에 근무를 서는데, 1시쯤 어디선가 진흙탕에서 걸음을 옮기는 철벅철벅 소리와 함께 단독군장의 쇳소리가 났다고 합니다.

처음에는 사수인 이 병사가, 부사수 병사의 총이 여기저기 부딪혀서 나는 소리인 줄 알고 가만히 있어 보라고 제지를 했다고 합니다.

하지만 여전히 장화 소리와 함께 K-2 소총의 멜빵 고리가 여기저기 부딪히며 나는 쇳소리가 들려왔답니다. 그래서 부사수 병사를 데리고 초소 뒤쪽으로 향했습니다.

여기서 소름 끼치는 게, 아무것도 없는 초소 뒤편에서, 마치 바로 앞에 무엇인가 있는 것처럼 쇠 마찰음과 장화 소리가 생생하게 들렸다고 하는 겁니다. 이 소리는 이전과 마찬가지로, 초소 바로 앞에서 끊어졌다고 전했습니다.

현재로서는 탄약고 초소에서 겪은 이상 현상은 이것으로 끝입니다. 앞으로 어떤 일이 더 벌어질지 솔직히 두려우면서도 궁금하기도 합니다. 사건이 또 일어난다면 다시 말씀드리도록 하겠습니다.

경고

어느 날 자면서 꿈을 꿨습니다.

꿈에서 저와 제 부모님은 시내버스가 아닌 고속버스를 타고 시골길을 한참 달렸죠. 그런데 정해진 도로가 아니라 점점 숲길로 들어가는 겁니다. 버스 기사님이 졸음운전을 하는 건지 점점 험한 길로 가고 있어서 불안해하던 와중에 제가 기사님에게 "아저씨!!" 하는 순간…….

버스가 큰 바위에 '쾅!' 하고 부딪혔습니다. 현실에서라면 그대로 멈췄어야 했는데 꿈이라 그런가, 버스는 바위를 들이받고 반대편 언덕으로 점프를 해서 날아가더군요.

그런데 정말 운 좋게도 버스가 만화의 한 장면처럼 사뿐히 내려앉는 겁니다. 저와 제 부모님, 그 밖의 다른 승객들도 다친 곳 없이 무사히 버스에서 빠져나왔습니다. '참 희한한 일이다.' 하면서 깼는데 꿈속의 꿈이더군요.

다시 꿈속 현실로 돌아왔는데 이번에도 부모님과 제가 버스를 타고 시내를 가고 있었습니다. 편도만 2차선인 좁은 도로였어요. 그 버스를 타고 가면서 산길에서 사고가 났던 제 꿈 이야기를 하는데 저희가 타고 있는 버스 오른쪽으로 또 다른 버스가 약간 앞서 달리고 있었습니다.

그 버스를 추월하려는 순간 갑자기 저희 버스 앞으로 웬 젊은 남자가 갑자기 튀어나오는 겁니다. 학생으로 보이는 그 남자를 결국 버스가 '쿵!' 하면서 치고 말았습니다.

와, 현실에서 교통사고를 눈앞에서 목격한 적이 딱 한 번 있는데 그때 슬로모션처럼 느껴졌습니다만 꿈속에서도 그렇게 보이더군요. 남자가 치이는 순간 저는 "으악!" 하고 비명을 지르고 말았습니다. 그러고는 "어떡해. 어떡해." 하고 울음을 터뜨리며 버스에서 내려 막 달려갔습니다.

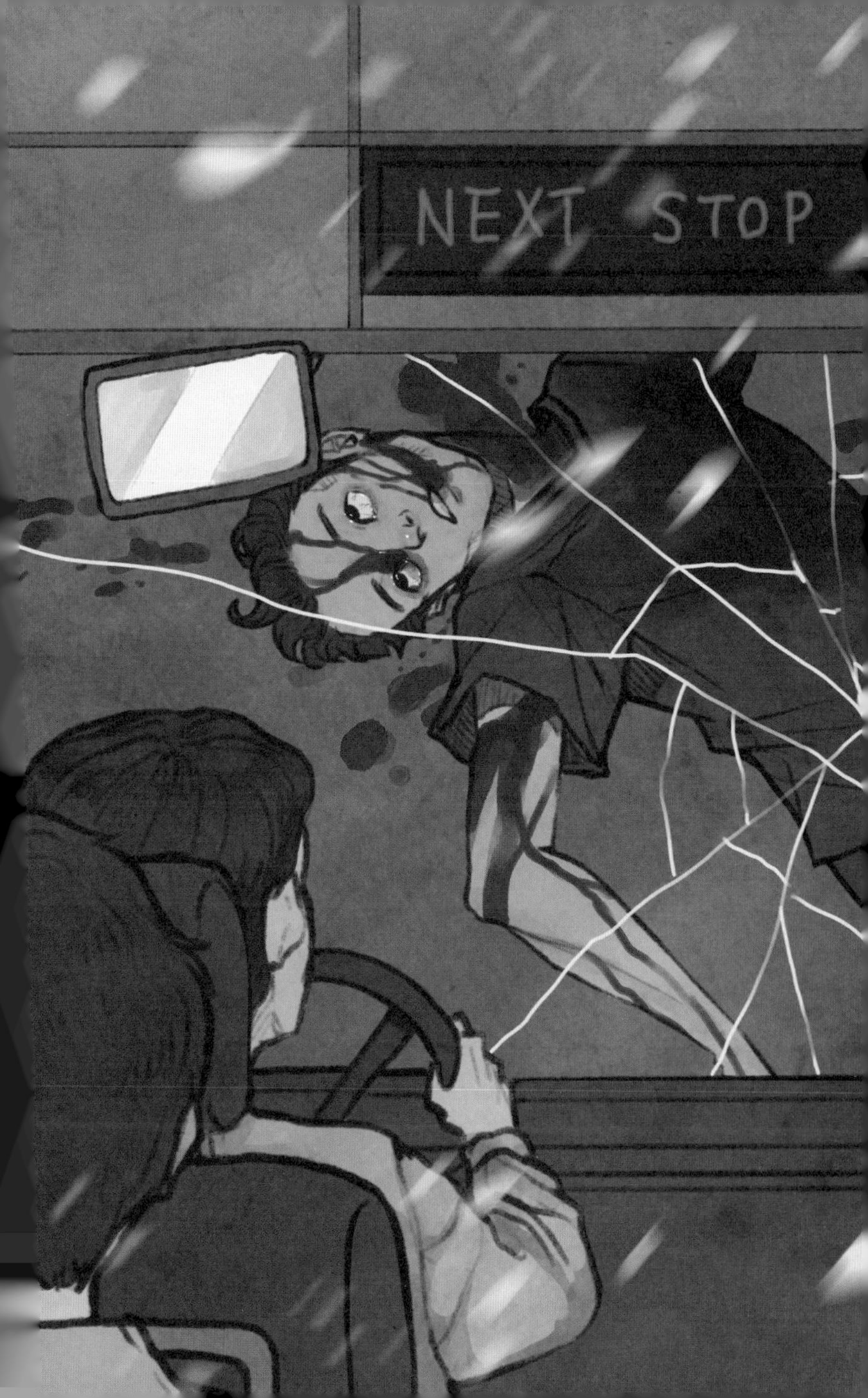
NEXT STOP

저와 생면부지인 남자인데 뭐가 그리 슬펐는지……. 저만치 튕겨져 나간 남자에게로 달려가면서 전화로 막 신고를 하는 와중에 꿈에서 깼죠.

꿈속의 꿈도, 그리고 꿈 자체도 모두 교통사고 꿈인 데다 저와 부모님이 같이 등장한 것도 뭔가 심상치 않게 느껴지면서 기분이 좋지 않았습니다.

그날 제 아내에게 꿈 이야기를 해주면서 나갈 일 있으면 차 조심하라고 일러두었습니다. 그리고 본가에도 전화해서 부모님에게 조심하시라고 말했습니다. 그리고 그날 퇴근길에 구로디지털단지역의 깔깔거리라고 먹자골목을 상사 두 분과 함께 걸어가고 있었습니다. 그곳은 퇴근 시간엔 굉장히 붐빕니다. 차 한 대 지나가면 사람들이 다 비켜야 할 정도로 넓지도 않고요.

길을 지나가는 다른 사람들 때문에 남자 셋이 나란히 갈 공간이 거의 안 나기 때문에 상사 분들 뒤로 따라가고 있었죠. 앞서 걸어가는 상사 두 분의 가운데 정도에 위치한 채 따라가다가 나란히 가보려고 오른쪽으로 빠져나오는 찰나, 앞을 딱 보는데!

"어!"

배달 오토바이가 '슝!' 하고 오더군요. 그 순간 남자를 치어버린 버스 꿈 생각이 딱 났죠. 곧바로 코앞까지 닥친 건 아니었지만, 그렇다고 아주 넉넉한 거리를 유지한 것도 아니었습니다. 꿈속에서의 버스처럼 속도도 줄이지 않고 그냥 달려오더라고요.

이미 꿈을 꾸었기 때문에 몸이 대비를 하고 있었던 건지 모르겠지만 슬로모션으로 느껴지기도 하면서 어렵지 않게 피했습니다.

만약 제가 꾼 꿈을 대수롭지 않게 여기고 앞에 상사 분들 뒤로 바짝 따라갔다든가, 위험을 감지한 순간에 얼어붙었든가, 아니면 한눈을 팔고 갔다면 분명히 오토바이에 치였을 것 같습니다.

좋지 않은 꿈이 너무 생생하게 느껴질 땐 모쪼록 조심하는 게 좋은가 봅니다.

고모

제가 초등학생 때니까 10년이 넘었네요. 그때 일은 아직
도 생생합니다.

고모는 저희 어머니를 굉장히 싫어했습니다. 이유는 모르
지만 다른 가족들하고는 잘 지내는데, 저희 어머니만 미친
듯 싫어했습니다. 저희 집은 대가족이라 제사 전날이면 집
안 사람들이 다 모여 음식을 했던 기억이 생생합니다. 그날
저는 학교 마치고 집에 들어오면서 놀라운 장면을 보게 됩
니다. 고모가 프라이팬을 들고 미친듯이 뛰어가는 겁니다.

저희 집은 2층 단독주택인데 어머니는 계단으로 급하게
피하셨고, 그러는 동안 할머니가 고모를 말렸습니다. 고모는 씩씩거리면서 입에 담지도 못할 욕을 하고 있었고요. 저는 그 모습을 보며 정말 놀랐습니다. 평소 착하디착한 고모였기 때문입니다. 그런데 이때 고모할머니가 고모를 데리고 나가시는 겁니다. 제사 음식은 기름을 많이 쓰기에 보통 문을 열어두고 일하시는데, 문까지 꽁꽁 닫고서 고모를 끌고 가셨습니다.

어린 저는 호기심이 발동해 문틈 사이로 두 사람을 훔쳐보았습니다. 금세 어머니에게 끌려 나왔지만 그때 목격한 장면이 또렷이 기억납니다. 고모할머니께서 고모 등을 툭툭 두드리면서 "이제 그만하고 나가."라고 하셨죠. 당시 저는 그걸 큰일로 생각하지 않았습니다.

고모는 하루에 약을 한 알씩 먹었습니다. 병원에서는 '분노조절장애'라고 하면서 신경안정제를 투여해주었는데요, 그 약을 먹으면 하루 동안은 괜찮습니다. 그런데 이상한 건, 분노조절장애는 모든 사람에게 화를 참지 못해야 하는데, 고모는 꼭 저희 어머니에게만 그랬습니다. 게다가 화를 안 내도 되는 상황, 그러니까 서로 말을 한마디도 안 하거나 부딪칠 일도 없었는데 보자마자 죽이려 들 때가 있었습니다. 저희 어머니 옆구리에는 아직도 칼에 찔린 흉터가 남아 있어요.

제가 고등학생 때, 드디어 일이 터졌습니다.

이층집인 저희 집에서는 1층에 저와 할아버지, 할머니, 고모, 그리고 2층에 어머니, 아버지, 누나가 살고 있었는데, 가만히 공부하거나 컴퓨터를 하고 있으면 고모가 간간이 야식 같은 걸 만들어주시곤 했습니다. 약을 먹으면 그날 하루는 정말 착하신 분이었죠.

고모가 야식을 먹으러 나오라고 해서 나갔는데, 할머니와 고모가 떡볶이를 드시고 계셨습니다. 저는 나름 애교를 부린답시고 고모에게 "이거 정말 맛있네요!"라고 호들갑을 떨었는데, 고모가 무표정한 얼굴로 갑자기,

"야, 닥쳐. 니네 엄마 오잖아."

이러시는 겁니다. 어머니는 그 근처에 계시지도 않았는데요. 저는 당황해서 "네?" 하고 되물었고, 그러자 고모가 할머니를 홱 쳐다보더니,

"엄마, 이 새끼 죽여버릴까?"

이러시는데, 할머니가 말리시긴 했
지만 저는 순간 소름이 확 끼쳐서 그날 제
방문을 꼭 걸어 잠그고 잤습니다. 나중에 어머니
에게 이 이야길 하면서 고모가 왜 그런지 여쭤봤습니다. 이
글을 읽는 분들도 이상하시겠죠. 이렇게 위험한 고모와 왜
같이 살아야 하는지 당시의 저로선 도무지 이해가 되지 않
았습니다.

그런데 어머니께서 해주신 이야기는 충격적이었습니다.

고모는 옛날에 신병을 앓은 적이 있다고 합니다. 그런데
무당이 될 수는 없어 눌림굿을 받았는데, 그때 눌림굿을 해
주신 분이 저희 고모할머니라는 겁니다. 고모할머니는 무
당 일을 하고 계시거든요. 가끔 제사 지낸 과일을 저희 집
에 보내주시기도 합니다.

그런데 눌림굿이 끝나고 고모할머니께서 이런 말씀을 하
셨답니다.

"굿이 잘 안 됐다. 귀신의 힘이 너무 세. 잡신치곤 너무 강해서 이 애의 신병이 끝난 건 아닐 거고, 앞으로 집안에 태어날 자식 중에 한 명은 잔병치레가 많을 거다. 기도 약할 거고."

지금에서야 말하지만, 저희 누나가 잔병치레가 많습니다. 겨울이 되면 한 달이 멀다 하고 감기에 걸리고, 음식 조금만 잘못 먹으면 체하는 데다 장염이나 소화불량은 달고 살아요.

그 이야기를 듣고 보니, 옛날 일 하나가 떠올랐습니다.

저희 누나는 기가 약해서인지 가위에 자주 눌려서, 제가 중학생이 될 때까지도 같은 방에서 잤습니다. 혹시나 무슨 일이 일어날지 모르니까요. 저는 기가 강한 편인지 아직까지 가위는 한 번도 안 눌려봤습니다.

그런데 잠을 자다가 일어나 보니 마루에 불이 켜져 있고 어떤 여자가 한 명 서 있는 겁니다. 보통 이런 이야길 하면 옷차림을 자세하게 묘사하던데 저는 무슨 색 옷을 입고 있었는지, 차림새에 대해선 도통 생각이 안 납니다. 유일하게 기억나는 게 허리까지 오는 머리카락이었다는 것입니다.

"누구세요?"라고 물었더니 그 사람이 천천히 고개를 돌리는데……

얼굴이 머리카락으로 뒤덮여 있었습니다.
엄청 더럽고 산발이 된 머리카락이 말입니다.

그런데 이상한 건, 그 머리카락 사이로 눈이 보였는데 그 눈에 흰자밖에 없었던 겁니다. 저는 너무 놀라서 벌떡 일어났고, 다행스럽게도 꿈이었습니다.

그리고 다음 날 누나에게 그 얘기를 장난스럽게 했는데, 누나가 안색이 하얗게 질리더니 하는 말이,

"야, 그거 나 가위눌릴 때마다 나오는 귀신이야……."

가위눌릴 때마다 똑같은 귀신이 계속 나온다고 하더라고요. 중학생 때라 그냥 가볍게 듣고 넘겼는데 고등학생 때 고모 이야기를 들으니, 뭔가 연관되는 느낌이었습니다. 그 뒤로 누나 방에는 사방에 부적이 붙어 있습니다.

고모는 약만 잘 먹으면 착하고 순하기 짝이 없으셨기 때문에 그 뒤로 순조롭게 결혼하셨고, 누나는 여전히 잔병치레는 많지만 더 이상 가위는 안 눌린다고 합니다. 저도 귀신과 관련된 경험은 그게 끝이고요. 저희 집안이 조금 독특한 집안일까요?

사람이 어떻게 그렇게 무섭게 변할 수 있는 건지. 아직도 고모의 섬뜩했던 모습에 가끔 떠오르면서 고모네 가족이 조금 걱정됩니다.

빨간 벽

제게 이야기를 들려준 형님을 A, 그 형님의 친구를 B라 하겠습니다.

B가 기숙사 생활을 하다 룸메이트와 사이가 안 좋아져서 자취방을 구했습니다. 학교 근처이기도 하고 주위의 교통편도 꽤나 편하게 뚫려 있는 명당 중의 명당인데, 운이 좋게 그런 방을 싸게 구했다고 합니다.

조건에 비해 가격이 너무 싸니까 뭔가 꺼림칙한 느낌은 들었지만, 별일 없겠지 하고 넘어갔습니다. 그리고 1년 동안은 아무 일이 없었습니다.

그런데 어느 날부턴가 B의 모습이 보이지 않았습니다.

강의를 빠지는 건 물론이고, 자주 가던 음식점, 술집, 어느 곳에도 보이지 않았습니다. B의 절친한 친구였던 A는 B가 걱정이 되었으나, 집에 무슨 일이 생겼거나 뭔가 급한 볼일이 있어서 어딜 갔겠거니 하고 걱정을 하지 않았다고 합니다.

그렇게 5일이 지났습니다.

급기야 A는 불길한 예감이 들었고, B의 자취방을 찾아갔습니다. 하지만 노크를 해도, B를 불러보아도 안에서는 아무 대답이 없었습니다. B가 정말 어디 갔나, 생각하고 그냥 가려다가 무심코 자취방의 문고리를 돌렸는데 의외로 문이 잠겨 있지 않았다고 합니다.

안에 있는 건가 싶어서 들어가 봤는데, A는 온몸에 소름이 돋아 움직일 수 없었습니다. 자취방의 벽이 피로 범벅이되어 있었기 때문입니다.

정말 이상했던 게, 다른 곳은 전혀 묻어 있지 않고, 오직 문고리가 있는 높이의 벽에만 붓으로 빨간 물감을 묻혀 점을 찍은 것처럼 수많은 핏자국이 묻어 있었다는 겁니다.

정면에 보이는 침대에는 B로 보이는 사람이 이불을 뒤집어쓰고 웅크려 있었다고 합니다. A는 무섭기도 하고, 두렵기도 해서 조심스럽게 침대로 향했습니다.

"야, 인마, 걱정했잖아, 뭔 일 있냐?"

라며 한 손으로 이불을 걷어 올렸습니다. 아니, 걷어 올리려 했습니다. 그런데 이불이 쉽사리 걷어지지 않았습니다. 마치 이불에 붙은 '그것'과 이불이 한 덩이가 된 것처럼 두 손으로 걷으려 애를 써도 꼼짝도 안 했다는 겁니다.

결국 이불과 한 뭉치가 된 '그것'을 들어 올린 순간, '쩌억' 소리를 내며 이불에 붙어 있던 것이 떨어졌습니다. 떨어진 것은 온몸에 피칠갑을 한 채 죽어 있는 B의 모습이었습니다.

이불을 뒤집어쓰고 죽은 듯한데, 몸에서 흐른 피가 굳으면서 이불과 몸이 붙어버린 것입니다. B는 눈을 퀭하게 뜨

고 있는 모습이 마치 죽기 직전까지도 극도의 공포에 질려 있었던 것 같았다고 합니다.

곧바로 경찰에 신고했고, 경찰은 당연히 첫 발견자인 A를 의심했지만 부검 결과가 나오자 의심을 거두고 자세한 내용을 알려주었습니다.

B의 사인은 '과다출혈'이었습니다. 몸의 다른 부분은 지극히 멀쩡했으며 칼에 찔리거나 베인 상처 하나 없었지만, 그의 열 손가락은 전부 손가락의 둘째 마디까지 터져 있었습니다. 벽에 묻은 피는 전부 B의 것으로 밝혀졌고, 양으로 치면 B의 몸에서 나오는 피의 거의 절반에 가까운 엄청난 양입니다.

이해가 안 되는 일이지만 B는 자취방의 벽을 손가락이 다 터져나가도록 두드리다가 과다출혈로 죽은 것입니다.

B는 그 자취방에서 무언가를 보았을 것이고, 밖으로 도망치려고 문고리를 찾았으나 찾지 못했을 것입니다. 그 때 문에 문고리 높이의 벽을 미친 듯이 두들겨서 그곳에만 피가 묻어 있었던 것은 아닐지. 가까스로 이불 속에 숨었지만

피를 너무 많이 흘리는 바람에 죽은 것 아닐까 합니다.

B는 자취방에서 무엇을, 뭘 봤을까요…….

부르는 방법

12년 전 제주도에 있는 대학에 다닐 때 겪었던 일입니다.

합격한 대학이 집에서 너무 멀어서 기숙사에서 살게 되었습니다. 기숙사는 방 하나에 세 명이 살 수 있는 구조였습니다. 룸메이트 중 한 명은 복학한 2년 선배였고 다른 한 명은 저랑 같은 나이의 동기였습니다. 또래 친구에 이해심 많은 선배, 저에게는 꿀조합이었습니다. 세 명은 금방 친해졌습니다. 셋이 기숙사에서 몰래 술도 먹고 주말에는 같이 놀기도 했습니다.

그러던 어느 날이었습니다. 그날도 평소처럼 몰래 술을 가지고 와서 치맥을 하고 있었습니다. 그러다가 복학생 형이 무서운 이야기나 해보자고 해서 하나둘 자기가 아는 이야기를 꺼내기 시작했습니다.

그러던 중 동기 녀석이 자기가 살던 동네에서 쓰던 귀신 부르는 방법이 있다면서 이야기를 해주었습니다.

방법은 매우 간단했습니다.

'방 안의 모든 불을 끄고 유독 춥거나 음산한 쪽에 시선을 두고서 매일같이 인사를 하는 것.'

지금 생각하면 말도 안 되는 이야기 같지만, 술을 많이 마셔서 그런 이성적인 판단도 없었거니와, 마침 기숙사 건물이 낡고 문 밑으로 외풍이 무척 심해서 조건도 맞아떨어졌습니다.

곧바로 불을 끄고 문을 향해 말을 걸었습니다.

"안녕하세요."

당연히 대답이 있을 리 없었습니다. 미신 같은 이상한 이야기였으니까요. 우리는 다시 불을 켜고 실없는 짓을 했다며 웃고선 술을 마셨습니다.

그다음 날 밤. 복학생 형은 매일같이 하다 보면 나온다고 했으니 나올 때까지 한번 해보자, 라며 매일 밤마다 불을 끄고 자기 전 방문에 인사를 하는 것을 습관화했습니다.

어느 날은 "안녕하세요."

다음 날은 "안녕하세요. 한번 찾아와주세요."

그다음 날은 "또 오셨네요. 오늘은 기분이 어떠세요?"

이런 식으로 마치 누군가 있는 것처럼 일주일을 넘게 인사했습니다.

그러던 어느 날.
복학생 형이 갑자기 얼굴이 상기되어선 말했습니다.

"나, 귀신 봤어."

문 건너편에서 인사를 먼저 해왔다는 것입니다. 평소 장난이 많은 형이라 우리에게 장난치는 것이라고 생각했습니다. 하지만 형은 무시당했다고 느꼈는지 버럭 화를 내며 우리에게 실망했다고 하더군요.

그다음 날부터 형은 새벽마다 방문을 향해 대화를 하기 시작했습니다. 우리하곤 말도 안 하면서 문을 향해 소곤소곤 말하더군요. 장난이 너무 지나친 것 같기도 하고 무슨 말을 하는지 궁금하기도 해서, 눈 감고 자는 척하면서 들었는데……,

"뭐라고? ○○(제 이름) 아직 안 잔다고?"

그 말을 듣는 순간 심장이 철렁 내려앉았습니다. 그 말을 하고 나서 형은 일어서서 제가 자는 쪽으로 눈을 돌렸던 모양입니다. 하필이면 저도 그때 눈을 떠서 서로 눈이 마주쳤고, 형은 마치 원수를 보는 듯이 한동안 저를 째려보더니 획~ 하고 나가버렸습니다.

다음 날. 어제 있었던 일을 먼저 잠들었던 동기에게 이야기했습니다. 동기는 덤덤한 성격이라 그런지 대수롭지 않

게 생각하는 것 같았습니다. 복학생 형이 취업 준비로 스트레스를 받아 그런 것이니 신경 쓰지 말라는 겁니다. 하지만 같은 방에 있는 사람이 기이한 행동을 하는데 어찌 신경 쓰지 않을 수 있을까요. 정말 스트레스 때문에 헛것이 보이고 헛소리가 들리는 건지, 아니면 오기로 저희를 속이려고 장난을 치려는 건지 점점 알 수가 없었습니다.

그날 밤은 동기도 저와 함께 자지 않고 형이 문을 향해 말할 때까지 기다렸습니다. 새벽이 되자 형은 어제와 같이 문을 향해 신나게 대화하기 시작했습니다. 그러다가 갑자기 일어서면서 이런 말을 하더군요. 전 아직도 이 말이 잊히지 않습니다.

"그래……, 이젠 지겨워. 같이 떠날까? 지금 같이 가는 게 좋겠어……."

이 말을 하고는 문을 열고 어디론가 가버렸습니다. 저희는 일단 기다려보기로 했습니다. 하지만 한 시간이 지나도 형은 돌아오지 않았고, 휴대폰도 계속 받지 않았습니다. 그제야 심각성을 깨닫고 나가서 여기저기 찾기 시작했습니다.

기숙사 여기저기를 찾다가 결국 포기하고 경비 아저씨에게 이야기를 했습니다. 아저씨는 심드렁한 표정으로 스트레스 때문에 잠깐 바람 쐬러 나간 것 일 수도 있으니 아침까지 기다려보라고 하더군요.

하지만 형은 아침까지 돌아오지 않았습니다. 하루 종일 연락이 없었습니다. 휴대폰 전원이 나가서 받을 수 없는 상태가 되자 저희는 그제야 경찰에 실종신고를 하게 되었습니다.

그리고 며칠 뒤. 옥상에서 형이 발견되었습니다. 형은 손목을 칼로 그어 자살했던 것입니다. 옥상은 문이 잠긴 채로 외부인의 출입이 통제되어 있었는데, 형이 어떻게 옥상으로 간 건지 알 수 없었습니다.

경찰에게 그간 있었던 일을 이야기했지만, 우리도 믿기 어려운 일을 경찰이 믿어줄 리가 없었죠. 타살의 흔적도 없었고, 다른 이상한 점도 없어서 취업 준비로 인한 스트레스로 자살한 것이라고 사건을 종결시켰습니다.

그 사건 후 저는 기숙사를 나오게 되었습니다. 도저히 그 방문을 바라볼 수 없었기 때문입니다. 지금도 가끔씩 자다가 형의 목소리를 듣는 착각에 깨곤 합니다. 형의 마지막 말을 듣고 말렸어야 했는데, 그러지 못한 죄책감이었을까요. 아직도 잊히지 않습니다.

형이 정말 귀신을 부른 건지 아직도 전 알 수가 없습니다. 하지만 인터넷이나 소문으로 귀신 부르는 법을 접하고선 진짜로 귀신을 불러보는 사람이 있다면 저는 말리고 싶습니다.

틈새

초등학교 2학년 때 일입니다.

그때 저희 집은 세 들어 사는 방 2칸의 집이었는데, 살림살이가 별로 없어서 장롱, 화장대, TV, 책상 등이 전부였죠. 식탁은 접는 밥상으로, 밥 먹을 때가 아니면 다리를 접어서 벽에 세워뒀습니다.

그날 전 완구 장난감으로 탱크를 만들었습니다. 레고 비슷한 건데 여러 가지 모양의 블록을 나사로 조이고 해서 모형을 만드는 것이었습니다. 원래 이것저것 만들고 해체했다가 다시 만드는 걸 좋아했지만 막상 만들어놓고 보니 참잘 만들었다는 생각이 들어서 한동안 그냥 놔두기로 했죠.

그래서 모형 탱크를 벽에 세워둔 접는 밥상 옆에 놓아두었습니다. 그리고 밤이 되자 밥상 아래쪽에 자리를 깔고 동생과 함께 누워 잠이 들었죠.

그런데 얼마나 시간이 지났을까요? 한참 잘 자고 있는데 어딘가에서 '딱 딱 딱' 하는 소리가 들리는 겁니다. 잠결에 잘못 들었나 싶어서 그냥 무시하고 자려는데, 다시 한 번 분명하게 '딱 딱 딱' 하는 소리가 들리는 것이었습니다.

'딱 딱 딱.'
'딱 딱 딱.'
'딱 딱 딱.'

세 번씩 약간의 간격을 두고 들렸습니다. 이렇게 계속 소리가 들리니까 신경이 쓰여서 '뭐야? 애가 발로 어딜 차는 건가?'라고 생각하며 동생 쪽을 바라보았는데, 소리는 발 방향이 아닌 머리 방향에서 나고 있었습니다. 그래서 무심결에 소리가 나는 쪽으로 고개를 들어 보니……. 전 순간 놀라서 숨을 쉴 수가 없었습니다.

밥상을 벽에 세워두고 그 옆에 모형 탱크를 놔뒀었는데,

밥상과 벽 틈새에서 빨간 장갑을 낀 손 하나가 튀어나와 모형 탱크를 '딱 딱 딱' 하고 두드리고 있었던 것입니다. 손바닥 부분만 빨간 게 아니라 손 전체 부분이 새빨간 아주 섬뜩한 장갑이었습니다.

마치 문에 노크를 하듯이 주먹을 쥐고 손등으로 딱, 딱, 딱……. 당시 집에는 저와 동생, 아빠, 엄마 네 사람이 전부였고 아빠, 엄마는 다른 방에서 주무시고 계셨습니다. 또 동생은 바로 제 옆에서 자고 있었으니……. 게다가 밥상과 벽 사이의 틈은 매우 좁아서 서너 살 어린애조차 들어갈 공간이 없었습니다. 손 모양은 분명 어른의 것이었고 말입니다.

전 너무 무서워서 이불을 뒤집어쓰고 한참을 덜덜덜 떨고 있었습니다. 그러다가 어떻게 간신히 건넌방에서 주무시는 아빠, 엄마를 불렀습니다. 그러곤 불을 켜고 밥상 뒤에 뭔가 있다고 말했습니다. 하지만 밥상을 치워보니 뒤에는 아무것도 없었습니다. 아빠, 엄마는 꿈을 꾼 거라며 걱정 말라고 하셨지만, 꿈이라기에는 너무 생생했고, 시험 삼아 그 손이 했던 것처럼 모형 탱크를 두드려보니 똑같은 소리가 났습니다.

그 일이 있은 후 16년이 지났지만 저는 제가 헛것을 본 게 아니란 걸 맹세할 수 있습니다. 제가 본 게 헛것이라면 소리부터 들렸을 리가 없고, 소리를 들은 게 환청이라면 그 빨간 손이 보였을 리가 없으니까 말이죠.

그 손의 주인은 누구였을까요? 그 집에 어떤 사연이 있는지 누구에게도 물어볼 용기가 나지 않습니다.

DMZ

군대에서 직접 겪은 기묘한 이야기입니다.

저는 28사단 81연대 수색중대를 나왔습니다. 수색중대는 각 연대가 할당받은 DMZ의 GP에서 상시 주둔하며, 각 소대가 번갈아 가며 근무를 섰습니다.

81연대는 530GP와 531GP를 담당하는데, 다행히 제가 속했던 소대가 맡은 GP는 531GP였습니다. 530GP는 '김일병 사건'이 벌어진 장소로 유명한 곳이지요.

어느 부대건 간에 전해 내려오는 괴담이 있겠지만, 저희가 주둔하는 DMZ라는 공간은 전쟁 중에도 그렇고 휴전 후에도 많은 인명이 사라져간 곳이기 때문에 섬뜩한 괴담이 많이 존재했습니다.

제가 막 이등병으로 소대에 배치받았을 무렵에도 자신만의 GP 귀신 경험담을 가진 선임들이 서너 명 있을 정도였습니다. 그 경험담들은 한 가지 공통점이 있는데 그건 다들 겨울 GP에서 귀신을 목격했다는 겁니다.

본론으로 들어가서 시간은 흘러 어느덧 저도 사수를 달고 부사수와 함께 근무를 서게 되었습니다. GP에선 1개 분대가 동시에 근무를 서는데 2인 1조 총 4조로 구성됩니다.

근무는 GP 내에 존재하는 초소를 30분씩 밀조로 돌아가며 서게 되는데 당시에 제가 속한 분대의 분대장은 거구의 무서운 선임이었고 저는 막내 사수였기 때문에 최대한 졸지 않고 근무를 열심히 섰습니다. 다행인 점은 근무를 편성할 때 특정 사수끼리 인수인계 때 절대 만나지 않는 경우가 있었고 분대장과 제가 그랬습니다.

그날도 겨울이었습니다. 눈은 아직 내리지 않았지만 정말로 추운 날씨였습니다. 야간근무임에도 유난히 정신이 맑아서 부사수인 후임과 함께 이런저런 얘기를 나누며 길고 긴 근무가 끝나기만을 기다리고 있었습니다.

당시에 우리가 근무를 서던 곳은 1초소로 사방에 창문이 있었습니다. 그리고 부사수에겐 앞을 주시하도록 하고 저는 뒤돌아 벽에 기대어 누가 살피러 오나 감시하며 수다를 떨었습니다.

부사수인 친구는 음악에 관심이 많아 심심했던 저에게 가요나 랩에 대해 이런저런 얘기를 들려주고 있었습니다.

얼마나 시간이 지났을까, 뒤돌아 한참 수다에 빠져 있는데 갑자기 좌측 창문 너머로 검은 형상의 사람 둘이 나타났습니다.

GP에선 경계등이 너무 밝아 안은 상대적으로 어두워서 제게 보이는 건 5미터 정도 떨어진 거리에서 키가 큰 두 사람이 선두로 걸어오는 모습이었습니다. 둘의 얼굴은 보이지 않았지만 방탄헬멧에 04K 야투경 거치대를 장착한 걸로 보였습니다.

보자마자 벌써 근무 교대인가 싶어 근무 태만으로 혼나기 싫었던 저는 바로 뒤돌아 앞을 주시하며 선임 사수가 들어오기를 기다리고 있었습니다.

하지만 그 짧은 거리에서 5초가 지나도 10초가 지나도 아무도 문을 두드리지 않는 겁니다.

이상하게 생각한 저는 뒤돌아보았지만 후방 창문 너머로는 아무도 없었습니다. 가끔 선임 사수들이나 GP장이 놀려주려고 창문 밑에 숨어 있다가 튀어나왔기 때문에 양측 창문을 살펴보았지만 그곳에도 아무것도 없었습니다.

갑자기 이상한 생각들이 들기 시작했던 저는 아무것도 모르고 있던 부사수에게 사정을 얘기하고 초소를 나와 LED로 초소 주변을 살펴보았습니다. 하지만 개미 새끼 한 마리도 없었고 저는 등골이 오싹해졌습니다.

뭔가 잘못됐다는 생각이 들어 황급히 시계를 들여다보았는데 24분……. 저희는 30분마다 근무 교대를 하기 때문에 상황실에서 다음 근무자가 출발하는 시간이 26분, 56분 정도였기에 아직 밖에는 누가 돌아다닐 시간이 아니었습니다.

갑자기 무서워진 저는 얼른 초소로 돌아갔고 부사수에게 이상한 것을 봤다고 얘기했습니다. 얘기를 마치자마자 저 너머로 상황실에서 다음 근무자가 총기 검사를 하는 소리가 들리고 그제야 저는 깨달았습니다.

제 후번 근무자는 키가 작은 선임으로, 제가 보았던 키가 큰 사람은 저와는 인수인계 때 만나지 않는 분대장이면 모를까 그런 사람은 절대 만날 수 없다는 걸…….

아직도 그것들이 무엇인지 모르겠습니다. 하지만 저는 어두운 와중에도 분명히 보았습니다. 그것들이 방탄헬멧을 쓰고 거기다 04K 거치대를 장착했던 모습을.

그전에는 유독 겨울에만 우리 GP에 귀신이 나타난다는 선임들의 말을 귀담아듣지 않았지만 그 후로는 다시 생각해보게 되었습니다.

물귀신

제가 초등학교 2학년 때. 그러니까 18년 전 일입니다.

저는 그때 경남 김해 대동이란 곳에서 살았습니다. 나름 촌에 속하는 터라 집과 학교가 5~6킬로미터 정도 떨어져 있었는데 이때 6학년 형들이 인솔자가 되어 논밭 시골길을 거쳐 등하교했습니다.

어느 날 평상시와 다름없이 수업을 마치고 집에 가려고 했는데 그러지 못했습니다. 그날 수업에서 구구단을 외우지 못한 사람은 남아서 다 외우고 가라는 선생님의 엄명이 있어서였습니다. 같은 동네 친구들은 먼저 하교를 하고 저를 포함한 몇몇 친구들은 남아서 구구단을 외웠습니다.

나머지 공부까지 다 마쳤을 때는 이미 해가 어느 정도 기울어지고 있었습니다.

시원한 바람을 느끼고 주변 풍경을 보면서 유유자적 혼자서 논밭 시골길을 걷고 있었습니다. 아직 해가 완전히 지지는 않아서인지, 더운 날씨에 땅이 여전히 후끈해서인지 눈앞에 아지랑이가 올라오는 게 보였습니다. 그런데 무더운 여름날 간혹 보이던 아지랑이와는 사뭇 다른 느낌이었고, 보통 때보다 좀 많다는 느낌을 받았습니다. 그런 채로 100미터 정도 더 갔을까요?

눈앞에 있는 다리 아래 뭔가가 보였습니다.

참고로 제가 살던 동네의 등하굣길에는 강이 있었는데 다리 밑 강은 폭이 약 15미터 정도에 2단짜리 둑이 있습니다. 마치 낙동강 하굿둑을 10분의 1 정도 크기로 축소시켜 놓은 듯한 모습이었습니다. 강 깊이는 정확히 모르지만 종종 익사하는 사람이 있다고 하니 깊었던 것 같네요.

여하튼 다리 밑으로 뭔가 희끗희끗한 게 움직이고 있었습니다. 섬찟한 걸 느꼈지만 집에 가기 위해서는 그 길을 꼭 거쳐야 했기 때문에 그쪽을 바라보면서 계속 걸었습니다.

　다리를 건너는 동안 점점 그 움직이는 형체는 또렷이 보이기 시작했고, 그러면서 더욱 머리털이 곤두섰습니다.

　'어떡하지? 도망칠까? 달려서 후딱 건너가 버릴까?'

　이런 생각을 하면서도 제 몸은 뭐에 홀리기라도 한 듯 한 발짝 한 발짝, 그 형체에 가깝게 다가가게 되었습니다. 이제 눈앞에 그 형체가 완전히 모습을 드러낸 순간!

　하얀 소복을 입은 여자가 흠뻑 젖은 긴 머리카락을 늘어뜨린 채 강물과 둑의 1단 부분을 오르락내리락하고 있었습니다.

　얼굴은 보이지 않지만, 느낌으로 알 수 있었습니다.
　살아있는 사람이 아니구나…….

　도망가야 한다는 생각이 간절했지만, 온몸이 떨려 뗄 수가 없었습니다. 도망치긴커녕, 저도 모르게 한 발짝씩 그 형체에 가깝게 다가가게 되었습니다.

하얀 소복을 입은 여자는 이제 바로 제 코앞에 있게 되었습니다. .

얼굴이 어느 정도는 보일 거리였지만 여전히 눈과 코는 보이지 않았습니다. 길게 늘어뜨린 머리카락에 가려져 보이지 않았던 건지, 아니면 없었던 건지는 잘 모르겠습니다.

그러나 하나는 보입니다. 창백한 얼굴에 유난히 도드라진 붉은 입술.

굳게 다문 입술…… 진한 립스틱을 바른 것처럼 새빨간 입술…….

이제는 손만 뻗으면 닿을 것처럼 가까워졌습니다. 저의 온몸은 이미 땀으로 범벅이 되었고, 마치 가위에 눌린 것마냥 옴짝달싹하지 못하게 되었습니다. 그 형체는 움직이던 방향을 틀어 저에게 다가왔습니다.

굳게 다물었던, 무척이나 빨간 그 입술이 왼쪽 위로 치우치며 달싹이는데 입 모양을 보니, 마치 어서 오라고 말하는 것 같았습니다. 무기력하게 아무것도 할 수 없었습니다.

한발을 더 내딛는 그 순간,
귓가에 이런 소리가 들리더군요.

"야이야, 너 여서 머하노? 퍼뜩 가라~ 퍼뜩."

그리고 어떤 손이 제 손을 잡고 둑 위, 2단 쪽으로 올려주었습니다. 놀라서 바라보니 펑퍼짐한 몸빼바지를 입고 머리에 새참용 대야를 이신 아주머니였습니다.

저는 둑 1단에서 하얀 소복을 입은 여자와 대치하고 있던 상황이었고, 그때 마침 아주머니께서 저를 구해주신 겁니다. 아주머니는 저를 보고 얼른 가라는 듯 손짓을 하셨습니다.

정신이 번뜩 들어서 뒤도 돌아보지 않고 내달렸습니다. 그제야 몸이 제 뜻대로 움직이더군요. 그런데 집에 가기 위해서는 다리 하나를 더 건너야 하는데 앞에 있는 다리를 건너기가 겁이 나더라고요. 그래서 아까 그 아주머니에게 같이 가달라고 부탁하려고 뒤를 돌아보았습니다.

그런데 아무도 없었습니다.

불과 10초도 안 되는 순간이었는데, 하얀 소복을 입은 여자도, 아주머니도 모두 사라지고 없었습니다.

그 뒤로는 어떻게 집에 왔는지 기억도 안 납니다. 신발이 벗겨지는지도 모르고 달렸던 모양입니다.

집에 와서 생각하니 그 아주머니는 동네에서 뵌 적이 없는 분이었습니다. 작은 동네라 누가 어디 사는지 다 아는 형편인데 말이죠. 누구신지는 몰라도 그 아주머니 덕분에 목숨을 구한 건 확실합니다.

훈련소 초소 근무

저는 훈련소 생활을 21사단 훈련소에서 했습니다. 그곳에서 2주 차에 경계 근무 교육을 받으면서 초소 근무를 서기 시작했습니다.

초소 근무는 조교 1명과 훈련병 2명으로 구성된 3인 1조로 2시간씩 경계 근무를 수행했습니다. 당시 저와 제 바로 뒷번호 동기 그리고 '붕어'라는 별명의 가장 악질이었던 조교와 함께 경계 근무를 나갔습니다. 당시 시간이 새벽 2시였습니다.

저희가 근무를 서던 초소는 절벽 바로 옆에 위치하고 있었습니다. 초소 맞은편으로는 산으로 올라가는 오솔길이 있었고요.

　나가서 이런저런 이야기를 하면서 근무를 서고 있었는데 어느새 근무자 교대 시간이 다가오더군요. 뒤 근무자가 손전등을 켜고 올라오고 있었습니다.

　꽤나 가까이 다가왔는데 조교가 수하(피아 식별을 하기 위하여 행하는 과정으로 암구호를 물어보며 확인하는 행위)를 하지 않는 것입니다.

　당황한 저는 조교를 부르려고 옆을 쳐다봤는데, 조교가 다음 근무 교대자 쪽이 아닌 절벽을 향하여 총구를 겨누고 눈을 크게 뜨고 있는 겁니다.

　정말 사람 눈이 그 정도까지 커질 수 있다는 데 놀랐습니다. 절벽에는 가까이 오지 말라는 경고판이 있었는데, 조교가 그쪽을 쳐다보고 부들부들 떨고 있었습니다. 저도 그쪽을 쳐다봤는데 경고판 주위로 반딧불이가 두 마리가 날고 있더군요.

　그런데 뭔가 이상했습니다. 반딧불이의 움직임이 말이죠.

자연스럽게 날아다니는 게 아니라 그 자리에 멈춘 것처럼 그대로 있었습니다.

이윽고 상황 파악을 한 저는 순간 몸이 얼어붙은 듯 움직이기가 힘들었습니다. 반딧불이가 있던 곳을 자세히 보니 사람 모양의 어두운 그림자 하나가 서 있었습니다. 반딧불이라고 생각한 건 이상할 정도로 빛나는 사람의 눈이었던 것입니다.

정말 이상한 형태였습니다. 밤이어도 사람이 검게 보일 정도로 조명이 없던 곳이 아니었는데, 몸이 그림자처럼 어두웠습니다. 마치 검은 안개가 사람의 형태를 하고 있는 것 같았달까요?

너무나 기이한 광경에 가위에 눌린 듯 꼼짝 못하고 있었는데, 마침 뒷번호 근무자들이 교대하러 오는 시간이 됐고, 교대 근무자들이 당직사관과 함께 다가왔습니다.

그런 순간 움직이지 않던 몸이 풀렸습니다. 뒤돌아 교대 근무자들을 쳐다본 순간 반딧불이처럼 보였던 눈동자도, 또 검은 형체도 사라져버렸습니다. 주변에 숨을 공간도 전

혀 없었는데 어디론가 갑자기 사라진 것입니다. 지금 생각
해봐도 이 세상 사람은 아니었습니다. 굳이 당직자들 시선
을 피해 사라진 이유가 없었을 것 같습니다.

당직사관은 넋이 빠진 듯한 제 얼굴을 보더니 화를 냈습
니다. "이 자식들이 정신이 빠져가지고! 조교 새끼고 훈병 새
끼고 둘 다 뭐하는 거야!!" 그렇게 고함을 치는데도 아무런
대답도 못했습니다. 현실감 없는 일을 목격하고 나니 제정
신이 아니었던 거겠지요. 그나마 조교가 좀 정신을 차리고
서 해명을 하려는 찰나,

사박, 사박, 사박……

아무도 없는 오솔길에서 발소리가 들렸습니다. 산으로 올
라가는 것처럼 걸음 소리는 점점 멀어지는데 모습은 보이
지 않더군요. 곧이어 조교가 우리가 본 것을 그대로 전했고,
당직사관은 내무실로 복귀하기까지 우리에게 그 어떤 질책
도 하지 않았습니다. 지금 생각해보면 당직사관에게는 익
숙한 일이어서 우리에게 아무런 말도 하지 않았던 것 아닐
까 합니다.

라면 한 그릇

저희 어머니는 피아노 선생님이십니다. 출장 레슨이라고 집집마다 아이들을 찾아가서 가르쳐주는 일을 하시죠.

어머니가 가르치시는 두 아이, 편의상 A와 B라고 하겠습니다. A와 B는 아파트 같은 층 마주 보는 집에 살고 있었습니다. 초등학교 2~3학년쯤 되는 애들이었는데, 같은 나이에 같은 학교를 다녀 A의 어머니가 B의 어머니에게 저희어머니를 소개시켜준 것 같습니다.

하루는 A가 꿈을 꾸었는데, 처음 보는 할아버지와 할머니가 집에 스윽 들어오시더랍니다. 공교롭게도 집에는 A뿐이었다고 합니다. 할아버지는 아무 말씀도 없이 식탁으로 가서 의자에 앉으시고, 할머니도 따라 앉으셨습니다.

그리고 할아버지는 배가 고프다고 하더랍니다. A는 아직 어린 터라 무엇을 드려야 할지 모르겠어서 멍하니 있다가 라면을 끓여드려야겠다는 생각이 들었다고 합니다.

그렇게 라면 한 그릇을 할아버지께 끓여드리자, 할아버지는 맛있게 드시기 시작하셨고 할머니는 아무 말 없이 앉아 계셨습니다.

이윽고 다 드시고 나자 할아버지는 고맙다고 하시며 할머니와 같이 나가셨습니다. 그리고 마지막에 뜬금없이 B와 사이좋게 지내라는 말을 남기고 가셨다고 하네요.

A는 꿈에서 깨어 참 신기한 꿈을 꾸었다는 생각을 하며 어머니에게 꿈 얘기를 하려고 했지만, A의 어머니는 아침부터 꿈 이야기를 하는 게 아니라며 들으려고도 하지 않았습니다. 결국 A는 꿈 얘기를 못한 채 아침을 먹고 학교로 갔습니다.

그리고 학교에 가보니 B는 그날 결석을 하고 없었습니다.

간밤에 할아버지가 돌아가셔서 장례를 치르러 시골로 내려 갔다는 겁니다.

며칠 후, 돌아온 B의 집에 A가 놀러 가 우연히 돌아가신 할아버지의 사진을 보았는데, 자기가 꿈속에서 본 할아버지의 얼굴이었다고 합니다.

A의 어머니는 이 얘기를 A에게 듣고서 저희 어머니에게만 이야기해주셨고, B의 어머니께는 하지 않았다고 합니다.

B의 할아버지가 왜 하필 A의 집에 방문하신 건지는 잘 모르겠습니다. 짐작하기로는 할아버지를 잃고 슬퍼할 손녀 걱정을 하신 것 아닐까 싶은데요. 친한 친구라도 옆에 있어주면 덜 적적할 것 같다는 생각에 말입니다. 할아버지에게 라면을 끓여준 걸 보고 착한 친구라고 여기신 거 아닐까요?

어린아이가 돌아가신 분께 제대로 공양을 한 게 기특하기도 했지만, 역시 귀신이 있다는 것을 알게 되어 <u>으스스한</u> 기분을 떨칠 수 없던 이야기네요.

수상한 방문자

올해로 제가 미국에 온 지 10년이나 되었네요. 5년 전, 제가 아직 고등학생일 때 겪은 일입니다.

보통 낮에 아빠는 회사 가고, 엄마랑 남동생이랑 저랑 셋이 집에 있곤 했는데요, 동생이나 제가 학원을 가려면 엄마가 차로 데려다줘야만 했습니다. 미국도 지역마다 다르겠지만 제가 살던 캘리포니아 주는 장 보려고 나갈 때도 차가 필요할 정도로 땅이 넓었습니다.

그날은 동생이 학원 가는 날이어서 낮에 엄마가 동생을 태워다주려 나가고 저 혼자 집을 지키고 있었습니다. 방학이라서 딱히 공부할 것도 많지 않고 대낮부터 집에 혼자 있으니

심심해서 노래를 큰 소리로 키워놓고 놀고 있었습니다.

그때 누가 '띵동' 하고 벨을 울렸습니다. 그쪽은 집들이 대체로 아파트가 아닌 단독주택이어서 친구들이나 지인들이 지나가다 놀러 올 일이 별로 없습니다. 다른 사람 집에 방문할 땐 보통 연락을 하고 오기도 하고요. 이런 식으로 갑자기 초인종을 누르는 사람은 종교를 권유하는 사람밖에 없기 때문에 저는 문을 열어주지 않았습니다. 만에 하나 놀러 온 이웃집 사람이라면 전화를 걸 테니까 그때 열어주면 된다고 생각했습니다. 너무 귀찮았기 때문에, 그렇게 초인종 소리를 무시하고 제 방에서 노래를 듣고 있었습니다.

몇 분이 지났을까. 아무 소리도 안 나길래 이제 갔겠거니 하고 있는데 밖에서 또 초인종 소리가 들렸습니다. 제 방이 문과 가까운 거리에 있다 보니 노랫소리를 들은 건지도 몰랐습니다. 누가 있다는 걸 눈치채고 또다시 초인종을 누르는 모양이었습니다.

그때부터 갑자기 초인종을 마구 누르기 시작하더군요. 무서웠습니다. 저는 얼른 볼륨을 0으로 줄였습니다. 문밖에 누가 서 있는지 보고 싶었지만 저희 집 문에는 문구멍이 없고 문 옆에 유리로 된 벽이 있었는데, 그 커튼을 들춰야 밖에 누가 서 있는지 보이는 구조였습니다. 그런데 커튼을 들추면 저 또한 노출이 되고 말죠.

그렇게 겁을 살짝 먹은 상태에서 이러지도 저러지도 못하고 있는데 갑자기 밖에서 좀 높은 톤의 남자 목소리로,

"I can hear~ you~."

이러는 겁니다. 소름이 쫘악 돋더라고요. 뒷마당이 있으니 밖으로 도망칠까 생각도 들었지만 왠지 그 정도는 간파당할 것 같다는 생각도 들었습니다. 그리고 미국은 총기 소지가 가능하니 수상한 사람이 무슨 짓을 할지도 모르니까요.

경찰을 부를까 하다가 오버하는 것 같아서 관뒀습니다. 저 사람은 그냥 초인종을 누른 것뿐이고 안에 사람이 있는 것 같은데 문을 안 열어주니까 "너 안에 있는 거 안다."라는 식으로 말한 것뿐이니까요.

그때 문밖에서 휘파람 소리가 들렸습니다. 남자가 내는 듯한 소리였는데 저는 그때까지 휘파람을 그렇게 잘 부르는 사람은 처음 봤습니다. 새는 소리 하나 없이 한 번도 들어본 적 없는 마이너 톤의 부드럽고 음산한 멜로디로 계속해서 휘파람을 불더군요. 저는 겁에 질려 안방으로 향했습니다.

당시 저희 집은 ㄷ자 모양이었습니다. 문에 다다르려면 ㄷ자의 안쪽으로 들어와야 했습니다. 한마디로 초인종 앞에 서면 그 양옆으로 저희 집 건물이 있는 상태였죠. 그 양옆 건물 중 한쪽은 창고였고 반대쪽이 안방이었습니다. 안방 창문에서 밖을 보면 문 앞에 서 있는 사람의 뒷모습이 보일 수도 있었거든요.

그렇게 저는 창문으로 몰래 보려고 했습니다. 그때까지도 휘파람 소리는 끊이지 않고 있었고요. 하지만 그 사람은 그 각도를 이미 계산했는지 문 앞에 딱 달라붙어 창문에서 보이는 그 각도를 잘 피해 있어서 보이지 않더군요. 저는 안방에 있는 드레스 룸에 숨어 있었습니다. 곧 엄마가 돌아올 때가 되자 초인종 누르는 소리도, 휘파람 소리도 끊겼고요……

한 가지 마음에 걸리는 게 있다면, 우리 집 건너편에 서 있는 검은색 차였습니다. 그 차는 선팅이 짙게 되어 있었습니다. 앞집은 차고에 차가 세 대나 들어갈 정도로 넓은 집이어서 굳이 길가에 차를 세워둘 필요가 없었는데도, 그 앞 길에 검은색 차가 한동안 서 있었거든요. 제가 예민하게 느낀 것일 수도 있겠지만 말이죠. 그러고 나서 그 일도 서서히 잊혀져갔습니다. 엄마한테 말은 했지만 가족들 누구도 신경 쓰지 않았거든요.

그러고 나서 한 달쯤 지났을까요. 그날은 가족들이 전부 집에 있었습니다. 그런데 갑자기 밖에서 초인종을 누르더군요. 엄마는 저보고 누군지 보고 문을 열어주라고 시켰고요. 저는 별 생각 없이 문으로 향했습니다.

그때 낯익은 그 휘파람 멜로디가 문 바로 앞에서 들리기 시작했습니다.

저는 잊고 있었던 한 달 전 기억이 떠올랐습니다. 당황해서 문을 열지 않았습니다. 엄마는 왜 문을 열지 않냐고 재촉했고, 동생도 학원 갈 준비해야겠다고 나갈 채비를 하기 시작했습니다.

저는 지금 밖에 나가지 말라고 가족들을 말렸습니다. 밖에 이상한 사람이 있으니 나가면 안 된다고 말이죠.

밖에선 계속 그때 휘파람 소리가 들렸습니다. 그렇지만 안방 창문으로 내다봐도 아무것도 보이지 않았습니다. 길 건너편에 까만 선팅을 한 자동차만 또 서 있을 뿐이었습니다. 겁이 무척 났지만, 엄마를 믿고 현관문을 열었습니다.

다행히 아무도 없었습니다. 휘파람 소리도 들리지 않았습니다.

그런 일을 겪은 걸 누구도 믿어주지 않지만, 저는 아직도 "I can hear you."라며 휘파람을 부르는 남자가 또다시 찾아올까 두렵습니다.

도와주세요

제가 7살, 유치원에 다니던 2001년에 겪은 일입니다.

제가 태어난 곳은 경기도 안산이며 지금까지 쭉 20년 넘게 안산에 살고 있습니다. 저희 가족뿐 아니라, 외갓집 식구들도 안산에 살고 있는데요, 저에게는 세 살 많은 사촌 누나와 여섯 살 많은 사촌 누나, 그리고 두 살 많은 친형이 있습니다.

같은 지역에 사는 터라 사촌 누나들과 자주 만났는데, 어렸을 때부터 하도 무서운 얘기 듣는 걸 좋아해서 누나들을 만날 때마다 꼭 무서운 이야기를 해달라고 졸랐습니다.

누나도 올 때마다 무서운 이야기를 해주다가 소재가 떨어졌는지, 당시 산 지 얼마 안 된 컴퓨터를 켜서 심령사진을 모아놓은 사이트를 보여주더군요. 지금도 기억하는데 해당 사이트의 이름은 '고스트'였습니다.(지금은 없어졌는지 검색해도 보이지 않더군요.)

저는 큰누나 품에 안겨서 눈을 가려가며 보고 있었고, 제 친형과 작은누나는 양옆에서 같이 보고 있었죠. 그러다가 한 게시물을 보게 됩니다.

게시물의 이름은 '유치원 가면'.

보통 어렸을 때 기억은 나지 않는 편인데, 이상하게도 유독 '유치원 가면'이란 이름과 그 이야기는 지금도 생생하게 기억이 납니다.

큰누나가 해당 게시물을 클릭해 들어가 보니, 한 사진이 있었습니다.

사진에는 8~9명 정도 되는 유치원생들이 노란색 페인트가 칠해진 유치원 벽에 쪼르르 앉아 있었습니다. 하나같이 수업 시간에 만든 걸로 보이는 가면을 쓰고 말이죠. 그런데 아이들이 앉아 있는 창문에서 빨간 눈들이 아이들을 지켜보고 있었습니다.

저는 사진을 보자마자 온몸에 소름이 돋아 경악을 했고, 여섯 살 많았던 큰누나도 그래 봐야 초등학교 6학년이어서 같이 무서워했던 것 같습니다.

중요한 건 사진 밑 문구였습니다. 사진 아래에는 붉은 글씨로 뭔가 적혀 있었는데 큰누나가 더듬더듬 읽어준 바에 따르면 이런 내용이었습니다.

"이 사진의 주인공은 경기도 안산시 OO동 유치원생들입니다. 해당 유치원에 화재가 일어나 일부 유치원생들 및 교사들이 사망한 사건이 벌어지기 일주일 전에 찍힌 사진입니다."

우리가 살고 있던 안산에서 찍힌 사진이기도 했고 워낙 섬뜩한 느낌이어서 아직까지 기억에 생생한 것 같습니다. 그날 하루 종일 그 사진이 머릿속에서 떠나질 않아 결국 그날 밤에 부모님과 함께 잠을 청했던 기억도 납니다.

그리고 몇 개월 뒤, 저희 집이 같은 안산시의 다른 동네로 이사를 가게 되었는데, 우연히도 이사 간 곳이 심령사진에서 보았던 ○○동이었습니다.

이사 간 뒤, 그 동네에서 초등학교에 입학하게 되었고 저는 친구들과 함께 주변 동네를 탐험하는 놀이를 하곤 했습니다.

제가 살던 집과 불과 50미터 떨어진 곳에 노란색 벽과 초록색 지붕으로 만든 2층 건물이 음침한 모습으로 버려져 있었습니다. 주변에 미끄럼틀과 시소, 그네가 있는 걸로 봐서는 유치원으로 쓰던 건물이라는 걸 한눈에 알아볼 수 있었습니다.

이제 폐가처럼 되어버린 그 유치원 건물을 보자 전에 보았던 그 심령사진이 단박에 떠올랐습니다. 사진 속 아이들이 앉아 있던 그 배경이 제 눈앞에 펼쳐진 것입니다. 순간 기묘한 두려움에 휩싸였지만, 한편으로는 호기심이 치솟기도 했습니다. 그래서 두려움 반, 호기심 반, 묘한 마음을 안고서 그곳으로 한 걸음씩 다가가 보았습니다.

하지만 건물의 입구는 굳게 잠겨 있었고, 1층 창문들은 모두 나무 널빤지로 덮여서 안을 들여다볼 수가 없었습니다.

그저 나무 널빤지 틈 사이로 불에 그을린 듯한 검댕이 묻은 거뭇거뭇한 벽들과 여기저기 신문지가 널려 있는 어두운 바닥밖에는 보이질 않았죠. 그 뒤로 그곳을 지나칠 때마다 호기심은 갈수록 커져 갔지만 굳게 잠겨 있어서 늘 들어갈 수 없었습니다.

그리고 2년 정도 지난 어느 날. 저랑 단짝이었던 친구와 학교를 마치고 집에 가는 길이었습니다. 집으로 가는 길엔 늘 폐가인 유치원을 지나가게 되었습니다. 그 건물 옆에는 유치원의 놀이터 말고도 커다란 단지 내 놀이터가 있었고, 그 놀이터와 유치원 사이에는 오솔길 비슷하게 작은 길이 하나 있었습니다.

때는 여름이었고, 주변 놀이터에는 저와 제 단짝 친구 말고는 아이들이 단 한 명도 없었습니다. 단 한 명도요.

그 친구가 놀이터와 유치원 사이 오솔길로 먼저 들어가서 앞질러 갔고, 저는 조금 뒤에서 걷고 있는 중이었습니다.

그때, 그 폐가가 된 유치원에서 아이 목소리가 났습니다.

"꺼내주세요~."

주변을 둘러보았지만 아무도 없었습니다. 먼저 가던 제 친구도 그 소리를 들었는지 바로 멈춰 섰습니다.

친구는 뒤를 돌아 저와 눈을 마주쳤고, 저희는 그렇게 눈이 마주친 상태로 굳어서 10초간 서 있었습니다.

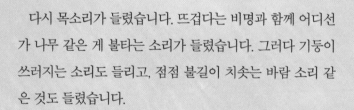

"아아~ 꺼내주세요!!"
"아 뜨거워!! 너무 뜨거워!"

다시 목소리가 들렸습니다. 뜨겁다는 비명과 함께 어디선가 나무 같은 게 불타는 소리가 들렸습니다. 그러다 기둥이 쓰러지는 소리도 들리고, 점점 불길이 치솟는 바람 소리 같은 것도 들렸습니다.

그런데 주변을 둘러봐도 불길이 보이는 곳은 없었습니다. 뜨겁다는 비명은 점점 더 여러 아이들 목소리가 되었습니다. 저희는 너무 당황한 나머지 계속 주변을 돌아보았지만 아무리 둘러보아도 불길이 보이는 곳은 없었습니다. 저희가 서 있는 오솔길에는 폐허가 된 유치원이 서 있을 뿐……

혹시나 해서 폐가 쪽으로 가봤습니다. 문이 굳게 닫혀 있어서 잘 보이지 않았지만, 안에 불길 같은 건 전혀 없었습니다. 그런데 잘 들어보니 비명 소리는 그 안에서 들리는 것이었습니다.

"도와주세요!!"

저는 유치원 안을 향해 외쳤습니다.

"거기 안에 누구 있어요?"

그러자 안에서 웅얼대는 소리와 함께 울먹이는 소리가 크게 들렸습니다. 하지만 문이 굳게 닫혀 있어서 들어갈 수 없었습니다.

"으아…… 아아아아…… 살려주세요!!"

저희는 점점 무서워져서 어른들에게 도움을 청하러 아파트를 향해 달렸습니다. 그런데 이상한 일이었습니다. 폐허를 지나 오솔길을 달리자마자 비명 소리가 사라졌습니다. 뭔가 불타는 소리도 같이 사라졌습니다. 갑자기 그곳에 아무 일도 없었다는 것처럼 정적이 흘렀습니다.

그때 저는 그 비명을 지른 아이들이 정신을 잃고 쓰러진 줄 알고, 완전 패닉 상태가 되어서 집으로 달렸습니다. 자세한 설명을 할 겨를도 없이 다짜고짜 엄마 손을 잡고서 그 오솔길로 같이 달렸습니다. 당시 엄마는 밖에서 놀던 제 친구가 다쳐서 급히 같이 가야 하는 줄 알았다고 하시네요.

폐허가 된 유치원 앞으로 엄마와 같이 갔는데, 아까와 같은 비명 소리나 불타는 소리는 들리지 않았습니다. 화재가 났다면 아무런 흔적도 없이 쉽사리 진화되거나 하지 않았을 텐데 이상한 일이었습니다.

엄마는 어디서 이상한 소리를 듣고 와서 호들갑이냐고 혼내셨지만, 내심 마음에 걸려 아파트 다른 주민들한테 불이 난 곳이 없냐고 물어보신 모양입니다. 물론 그날 아파트나 그 주변에서 불이 난 곳은 없었습니다.

그 후로는 그 길로 다니지 않아서 비명 소리를 들은 적이 없습니다.

하지만 가끔씩 그 비명 소리가 생각날 때가 있어요. 저와 친구가 들은 게 혹시 누군가가 도움을 요청하는 목소리가 아니었나 싶기도 해서 마음이 무거워지기도 합니다.

제가 들은 게 환청이 아니라면 아마도 그 유치원에서 화재로 안타깝게 목숨을 잃은 아이들이 그곳에 아직도 남아 있다는 것이겠지요. 그 소리를 누군가 또 듣더라도 아무도 그 아이들을 도와줄 순 없을 겁니다. 아이들이 이제는 부디 좋은 곳으로 갔으면 합니다.

숙소

재작년 겨울에 아는 언니 둘과 저, 이렇게 셋이 태백 눈꽃 축제를 가려고 기차 여행을 준비했습니다. 전주에서 출발 해서 대전에서 하룻밤을 묵고 그다음 날 새벽에 일찍 태백 으로 출발하려는 계획이었습니다.

문제는 저희가 준비를 제대로 하지 않아서 대전에서 하 루 묵을 곳을 예약하지 않았던 것입니다. 출발하고 나서야 그 생각이 나더군요. 찜질방에서 잘까 하다가 그건 좀 아니 다 하여 조금 비싸더라도 근처 호텔에서 자기로 했습니다.

막상 도착해서 숙소를 잡으려고 하니 몸이 무척 피곤했 습니다. 여기저기 시내를 둘러보면서 괜찮은 호텔을 알아볼 체력이 없었어요. 그냥 역 근처에서 얼른 구해서 자자, 이런 생각뿐이었지요.

그런데 역 근처에 숙소가 많은 골목으로 가니, 어떤 할머니가 여자 셋이 늦은 밤에 사창가 골목을 돌아다니면 위험하니까 다른 곳으로 가라는 것이었습니다. 주변을 둘러보니 그 할머니 말씀처럼 분위기가 예사롭지 않았습니다. 그래서 할머니께 이 근처에 괜찮은 숙소 있냐고 여쭤보았고, 할머니께서 어떤 숙소를 추천해주셨습니다.

숙박비도 하룻밤에 5만 원밖에 하지 않아서 고민도 하지 않고 바로 그곳으로 결정했습니다. 저희는 온돌방을 요청했고, 숙소 아주머니는 3층 맨 끝에 있는 방을 주셨습니다.

들어가 보니 방이 어마어마하게 컸는데 조금 이상하다 싶었던 게, 방 한쪽 구석에 영화 〈타짜〉에 나오는 것 같은 동그랗고 큰 테이블 있었고 위에는 화투가 있더군요. 바닥에는 칼자국도 많아 보이고…….

그때 직감적으로 알았습니다. '여기 불법 도박장으로도 쓰이는 방이구나.'라는 걸요. 그러나 어쩔 수 없었습니다. 이미

12시가 넘은 밤이었고 길도 모르는데 다시 나가서 여자 셋이 거리를 헤맨다는 게 무서웠습니다. 어차피 피곤하니 문단속만 잘하고 바로 잠들면 괜찮겠지, 그렇게 생각했던 것 같아요.

문제는 잠이 든 다음이었습니다. 한참 잠을 자는데, 갑자기 방에서 이상한 목소리가 들렸습니다.

"여기에 있는 놈들 다 죽여버릴 거야!!!"

깜짝 놀라 눈을 뜨니 웬 남자가 식칼을 휘두르며 "여기에 있는 놈들 다 죽여버릴 거야!!!"라며 허공에 칼을 휘두르고 있었습니다.

분명 문을 잠그고 잤는데 누가 있는 것이었습니다. 자다가 깼는데도 너무 놀라 심장이 벌렁거렸습니다. 고개를 돌려 언니들을 몰래 깨우려고 하는데, 둘은 아주 푹 잠이 들어 있었습니다.

괜히 깨우려다가 남자를 자극할 것 같아서 머리맡에 둔 휴대폰을 꼭 쥐고 바로 일어나서 방의 불을 켰습니다. 남자의 얼굴을 확인하고 바로 경찰에 신고하려고 말이죠.

그런데 불을 켜자 남자는 사라지고 없었습니다. 방에는
저희 셋만 있었고, 언니들은 그제야 깨서 왜 불을 켜냐고
신경질을 부리더군요.

순간 내가 꿈을 꾼 건가, 환각을 본 건가 당황스러웠지만
일단 다시 자기로 했습니다. 이번에는 불을 끄고 언니 옆에
붙어서 누웠어요. 그런데 눈을 감자마자 귓가에서 "다시 자
려고?"라는 남자 목소리가 들렸습니다. 아까 칼을 들고 소
리친 남자 목소리였어요.

너무 놀라 눈을 뜨니, 이번에는 방구석 식탁 위에서 누군
가 쪼그리고 앉아 저를 쳐다보고 있었습니다. 눈을 감을 수
도 없고 뜰 수도 없어서 고개를 돌려 언니를 깨우려고 했는
데, 이상하게 언니는 일어나지 않았습니다. 순간 언니가 잠
에서 깼는데도 화가 나서 자는 척을 하고 있는 것 아닌가
싶었습니다.

결국 저는 언니들에게 뭔가를 기대할 수 없었고, 다시 용
기를 내서 불을 켰는데 역시 이번에도 방에는 저희밖에 없

었습니다.

그 뒤로는 어떻게 잠을 잤는지 모르겠습니다. 다시 누워서 자려고 하면 누가 자꾸 몸을 흔들어서 잠에서 깼습니다. 누군지를 확인하기도 무서웠지만 확인하면 역시 아무도 없었습니다.

휴대폰을 보니 아직 새벽 4시. 저희가 일어나기로 하기로 한 시각은 5시여서 한 시간밖에 잠을 잘 수 없었지만, 상황이 이러니 차라리 빨리 일어나서 나갔으면 하는 생각뿐이었습니다.

남은 한 시간 동안도 잠이 오지 않아서 계속 휴대폰으로 시간만 확인하는데, 갑자기 머리맡으로 여러 사람이 우르르 왔다갔다 하는 게 느껴졌습니다. 어두워서 잘 보이지 않았지만 사람들이 움직이는 건 분명했습니다. 이번엔 도저히 일어나서 확인할 용기가 나지 않았습니다.

그러다가 갑자기 알람이 울렸습니다. 새벽 5시가 된 거죠. 그러자 언니들이 갑자기 약속한 것처럼 벌떡 일어났습니다. 언니들과 오래 알고 지내던 터라 절대 제시간에 일어

날 사람들이 아니란 걸 알고 있었습니다. 사실 5시도 알람 후에 뭉그적거리는 시간까지 생각해서 설정한 기상 시각이었습니다.

저희는 바로 씻고 나왔는데, 숙소에서 나오자마자 한 언니가 이런 말을 하는 겁니다.

"나 이상한 꿈을 꿨어."

언니가 한참 자고 있는데, 갑자기 방문이 열리면서 주인 아주머니가 여자 8명을 데리고 와서 저희 방 화장실에서 샤워를 하게 하더랍니다.

한 명씩 돌아가면서 샤워를 하는 동안, 여자들은 우리 머리맡을 돌아다니며 쳐다보고 있었다고 합니다. 언니는 괜히 눈을 떠봤다가 그 여자들이랑 눈이 마주친 모양입니다. 너무 기이한 상황에서 다시 눈을 감고 그 사람이 나갈 때까지 자는 척하며 참고 있었는데 알람 소리에 깨고 보니 꿈이었다는 겁니다.

제가 새벽에 겪은 일과 너무 흡사한 꿈이었습니다. 일어나서 언니들에게 지난 밤에 있었던 일을 말하기도 전인데 언니가 먼저 그런 이야길 하니까 너무 소름이 돋더군요.

그곳을 떠나 목적지에 도착해서는 그런 일이 없었습니다. 그날 우리 곁을 서성인 사람들의 정체는 무엇이었을까요? 아직도 잘 모르겠습니다만, 어느 여행지를 가든 숙소를 아무 데나 잡으면 안 된다는 걸 느꼈습니다.

수상한 아르바이트

아주 오래전 있었던 일입니다.

근준이라고 대전이 고향인 친구가 있었는데 군대를 제대하고 잠시 고향 집에서 지내고 있었습니다. 어느 날, 근준이가 친구랑 유성에서 술을 마시고 있었습니다. 당시 유성은 지금처럼 번화가가 아니었죠.

근준이는 당시 갓 제대했을 때라 해방감에 젖어 있었습니다. 술을 진탕 마시고 길거리에서 어깨동무를 한 채 노래를 불렀다더군요.

그런데 하얀색 슈퍼살롱 한 대가 오더니 차창이 열리면

서 하얀 옷을 입은 30대 초반 정도의 여자가 말을 걸더랍니다.

"학생들, 아르바이트 한번 해볼래?"

근준이와 친구는 술도 취했겠다, 거리낌 없이 "얼마 주실 건데요?" 했더니 여자는 100만 원을 주면서 "이건 선불~. 끝나면 100만 원 더."라고 했다는군요.

당시 100만 원이면 한 달 꼬박 아르바이트를 해야 벌 수 있는 돈이었습니다. 근준이와 그 친구는 눈이 휘둥그레져서 하겠다고 했고, 그러자 여자는 둘에게 차에 타라고 했답니다.

차는 근처의 산길을 달리기 시작했는데 마침 비도 오는데다 바람이 많이 불어서 나뭇잎 부딪히는 소리와 바람 소리가 그렇게 떨렸답니다. 근준이는 지금도 바람 불고 비 오는 날 나뭇잎 소리를 소름 끼치게 싫어합니다.

시멘트길 포장도로를 한참이나 달렸는데 술도 한껏 취했겠다, 빗소리, 바람 소리까지 휘몰아치니 정신이 없는 터에

어느덧 차는 산중턱에 다다랐습니다.

그때 여자가 차에서 내리더니 트렁크에서 삽과 괭이를 꺼내더랍니다.

그러고는 둘 다 차에서 내리라고 지시를 했습니다. 여자는 동공이 약간 풀려 있었고, 근준이는 뭔가 잘못되었구나, 라는 걸 직감했다고 합니다.

그 여자는 차에서 작은 라면 박스를 하나 꺼내더니, 길가에서 조금 내려가서 묻으라고 했습니다. 그러면 잔금 100만 원을 마저 주겠다는 거였겠지요.

둘은 라면 박스를 묻으러 길 밑으로 내려가서 삽으로 땅을 팠습니다. 그런데 박스를 묻으려고 하는 찰나 차가 부웅 내려가더랍니다. 잔금도 안 주고 말이죠. 비는 드세게 오고 바람은 불고 번개도 계속 치는데, 갑작스러운 상황에 둘은 멍하니 서 있었답니다.

근준이는 "그래도 선금은 받았잖아."라고 하며 빨리 묻고 내려가자고 했는데, 친구가 멍때리다 말고 갑자기 그러더랍니다.

"이 박스에 뭐가 들었을까?"

아까 여자가 있었을 땐 생각도 안 했는데, 둘만 남자 호기
심이 발동한 겁니다. 그렇지만 근준이는 빨리 묻고서 집에
가고 싶단 마음뿐이었죠.

근준이는 반대했지만 친구는 계속해서 그 박스를 열어보
자고 했습니다. 그래도 근준이가 싫다고 하자 친구는 자기
손으로 박스를 확 열어젖혔습니다.

박스 안에는 비닐봉지가 있었습니다. 봉지를 열어보니 그
안에 있는 건 사람의 잘린 손가락이었습니다. 총 10개…….
손가락 크기가 작은 걸로 봐서 아기 손가락이 아니었나 싶
었다는군요.

"으악!"

근준이는 너무 놀라서 얼이 빠졌는데, 친구가 말했습니다.

"근준아, 여기 금가락지 있다!!"

잘린 아기 손가락 중 하나에 금반지 하나가 끼어 있던 겁니다. 근준이는 그러지 말자고 했는데 친구는 "이걸로 잔금받은 셈치면 되잖아."라고 빼 가자고 했고 긴 실랑이 끝에 그 친구는 기어코 반지를 뺐다더군요.

근준이는 어쩔 수 없이 그대로 박스를 묻어버렸습니다.

그날 이후 근준이는 심한 몸살에 걸려 며칠을 앓아누웠습니다. 그런데 이상하게도 같이 술 마셨던 친구도 연락이 없는 것이었습니다. 보름이 지나도록 아무 소식이 없자 근준이는 그 친구 안부가 궁금해서 집으로 전화를 했답니다. 그때는 휴대폰이 없던 시절이었으니까요. 그렇게 친구네 집에 전화를 했는데,

전화를 받으신 친구 어머니께서 근준이 목소리를 듣자마자 이러셨습니다.

"아이고, 근준아. 우리 ○○이 어제 죽었다……."

보름 전 밤에 비를 쫄딱 맞고 들어오더니, 그날부터 계속 덜덜 떨며 오한이 든다고 했답니다. 감기에 걸렸나 싶어 며칠 앓도록 내버려두었는데 바로 어제 이불을 들춰보니 죽어 있더라는 겁니다.

근준이는 너무나 황망했습니다. 평소 아주 건강했던 친구인데 갑작스레 감기몸살로 죽다니 뭔가 심상치 않게 느껴졌습니다. 그날 밤 아르바이트를 해보지 않겠냐는 그 여자의 제안을 거절했다면, 그리고 그 박스를 열어보지 않았다면 어땠을까? 모든 게 후회되었다고 합니다.

무엇보다 그 친구가 아기 손가락의 반지를 빼는 걸 끝까지 말렸다면 친구가 죽지는 않았을 거라는 자책감이 몰려들었다고 합니다.

쓸쓸한 순찰

저는 강원도 철원에 있는 부대에서 군 복무를 했습니다.

저희 대대는 약 6개월마다 한 개 중대씩 ASP라고 하는 곳에 경계파견을 가게 되는데요, 그때 귀신을 본다는 선임에게 들었던 이야기입니다.

먼저 이 ASP라는 곳은 탄약고들을 모아놓은 곳입니다. ASP는 상당히 넓어서 구역을 나눠서 관리하는데, 주변에 공동묘지도 있고 심지어 그곳으로 가는 순찰로 옆에는 무덤이 있어서 평소에도 조금 <u>으스스</u>한 곳이었습니다.

앞서 말씀드렸듯 ASP는 넓어서 A, B, C, D 네 구역으로 나뉘어 있었습니다. A와 D 구역이 맞닿는 지역에 평소엔 쓰지 않는 초소가 하나 있습니다.

이야기는 이 초소에서 시작됩니다. 제게 이 이야기를 해 준 선임은 귀신이 보인다고 합니다.

"이 ASP에는 귀신이 상당히 많지. 생활관에도 있고, 순찰로 바로 옆에도 있다."

"정말이십니까."

"당연하지. 가만히 쳐다보는 놈들부터 쫓아오는 놈들도 있고, 심지어 자해하거나 이미 죽었는데도 자살 시도까지 하는 놈도 있어."

귀신들은 흔히 자기가 했던 행동을 반복한다는데, 자기가 죽은 줄도 모르고 계속 군대에서 벗어나려고 자살 시도를 하는 거겠지요.

여하튼 문제는 이런 귀신들이 아까 말한 초소에도 있다 는 겁니다. 어느 날 순찰을 돌면서 그쪽을 봤더니, 반대편에

서 순찰할 때 드는 서치라이트 하나가 초소 계단을 타고 내려오더라는 것이죠. 누군가 싶어서 초소 계단을 향해 달려갔는데 불빛이 사라지고 아무도 없었다고 합니다.

이런 일이 종종 있었는데, 어느 날은……

A 지역의 초소, 그중에서도 D 지역으로 가는 마지막 초소의 옆길은 거의 골짜기 수준이라 초소에서 바라보면 반대편에서 내려오는 것이 훤히 보입니다.

당시 그 지역은 2소대가 근무를 서고 있었습니다만, 후번 근무자가 오는데 서치라이트 불빛이 3개인 걸 보고서는 순찰자랑 같이 오는구나 싶어서 정석대로 수하를 했습니다.

그런데 수하가 끝나고 후번 근무자가 올라오는 걸 보니 두 명뿐인 겁니다.

근무자가 너희 순찰자랑 같이 온 거 아니냐고, 분명 서치라이트 불빛은 3개가 비쳤다고 했는데, 그들은 "우리는 각자 라이트 한 개씩만 켜고 있었는데?"라는 답만 할 뿐, 나머지 한 개는 자신들도 모른다는 겁니다.

모두 서로의 얼굴을 멍하니 바라볼 뿐 이 상황을 설명할
수 있는 사람은 없었습니다.

　아무래도 그곳에서 떠나지 못하는 귀신이 혼자 순찰 돌
기에는 적적했던 모양입니다.

예사롭지 않은 꿈

저희 어머니께선 가끔 예지몽 비슷한 꿈을 꾸시는데, 가끔은 신내림을 받으신 게 아닌가 하는 생각이 들 정도로 오싹하게 맞아떨어질 때가 많습니다.

한번은 어느 여름에 꿈을 꾸셨는데, 돌아가신 시어머니(저에겐 할머니)께서 수영복 차림에 물기를 뚝뚝 떨어뜨리면서 나타나시더랍니다. 그러고는 아무런 말씀도 없으신 채 지긋이 바라보고 계시더니 스르륵 사라지셨다고 합니다. 그 꿈 이야기를 들을 당시에는 별로 대수롭지 않게 생각하고 넘어갔습니다.

그런데 그해 가을, 벌초를 하기 위해 할머니 묘지에 갔는

데 집안 어른들이 먼저 와 계셨습니다. 어른들께서 하시는 말씀을 들어보니,

"묘 옆으로 물골이 생겼다. 아마 장마 때 생긴 것 같은데 이 정도면 관 속이 다 젖었겠다. 산 위쪽에 도랑을 내서 물길을 내야 한다."는 이야기였습니다.

할머니 묘 옆을 보니 정말로 움푹 파인 도랑 같은 게 만들어져 있었습니다. 장마철 비가 많이 와서 산을 타고 흐르던 빗물이 무덤 옆으로 흘러내린 것입니다. 그 순간 떠오르는 어머니의 꿈! 정말로 신기하면서도 오싹하더군요. 그런 어머니에게 영향을 받은 건지 저 역시 가끔 예지몽을 꾸기도 합니다.

한 번은 꿈에서 아랫니가 하나 부러졌습니다. 앞니 바로 왼쪽 옆의 아랫니가 뚝, 하고 반이 부러져서 입안을 굴러다니는데 이상하게 이걸 뱉으면 안 될 것 같은 기분이 들더군요. 그 상태로 꿈속 이곳저곳을 돌아다니며 여러 가지 꿈을 꾸는데 부러진 이는 계속 입에 문 채였습니다.

꿈에서 깬 뒤에 아차 싶었던 게 이가 빠지는 꿈이 굉장히

나쁜 꿈이기 때문이었습니다. 윗니가 빠지면 집안의 남자들, 아랫니가 빠지면 집안의 여자 중 누군가에게 변고가 생긴다고 합니다.

그래도 반만 부러졌고 뱉지 않고 물고 있었으니 괜찮을지도 모르겠다고 생각하고 넘어갔는데, 그날 오후 누나가 기침 때문에 간 병원에서 폐결핵 초기 진단을 받았습니다. 다행히도 요새는 약을 몇 달 먹으면 완치된다고 합니다. 약을 꾸준히 먹은 지금은 완치 판정을 받은 상태입니다.

그 뒤로도 누나에게 "그때 내가 이빨 뱉었으면 누난 큰일 났어."라고 놀리곤 하는데, 사실 이건 장난처럼 넘길 일만은 아닌 것 같습니다. 예지몽 능력도 유전이 되나 봅니다. 앞으로 저는 또 무슨 꿈을 꾸게 될까요?

홍수

오늘처럼 비가 많이 오는 날은 생각나는 일이 있습니다.
혼자 묵혀놓기가 아까워 여러분에게 털어놓으려고 합니다.

지금 제가 살고 있는 지역은 경기 북부의 중소도시로
1998년에 큰 홍수가 나서 인근 상가나 주택이 침수되는 홍
수 피해를 입었습니다.

당시 새벽에 비가 많이 와서 저희 부모님도 가게를 지키
시다가 차를 버리고 오실 정도였죠. 목숨보다 중요한 건 없
지만, 그땐 가게나 집을 끝까지 지켜보려다 결국 돌아가시
게 된 분도 많았습니다.

나중에는 비가 너무 많이 와서 초등학교 같은 고지대의 대피 장소로 대피해야 했고 거동이 불편하신 노인 분들만 계시는 집에는 사람들이 방문해서 모셔 오기로 했습니다.

그중 할머니 한 분이 혼자 사시는 집에 두 사람이 방문했답니다. 그런데 가보니 문은 잠겨 있고 인기척이 없는 것 같아서 처음에는 그냥 돌아가려고 했습니다. 그 순간 집 안에서 사람 소리가 들리더랍니다.

"야–."

작았지만 이렇게 들리더랍니다.

날씨가 너무 거세서 혹시나 안에서 다치셨나 해서 문을 두드리며 할머니를 불렀지만 엄청나게 들어오는 물로 인해 상황이 급박한데도 그냥 그렇게 "야–." 소리만 들리더랍니다.

물이 점점 차오르고 할머니를 구하러 온 두 분도 일이 더 커지면 안 되겠다 싶어서, 결국 나무로 된 문을 부수고 들어갔다고 합니다.

하지만 문을 부수고 들어간 집에 아무도 없었습니다.

오히려 물만 가득 차고 있는 방 안에서,

"야– 야– 야–"

"야– 야– 야–"

이렇게 누군가를 부르는 소리만 이상할 정도로 크게 들려왔다고 하네요.

두 분은 당황할 수밖에 없었고, 허리 넘어 계속 차오르는 물을 겨우 헤쳐가면서 다행히 돌아올 수 있었다고 합니다. 조금만 더 지체했다간 빠져나오지 못했을 거라고…….

대피소로 오니 그 집 할머니께선 이미 옆집 사람이 도와 줘서 먼저 도착하셨다고 하네요. 혹시나 해서 다른 집에 계신 분이 비명을 질렀나 했지만, 할머니를 포함해서 그 주변에 사고를 당하신 분은 없다고 합니다.

오래전 일이지만 여름이 되면 아직도 그날 아무도 없던 방에 들렸던 비명 소리에 대한 이야기가 떠돌곤 합니다.

새벽의 이상한 소리

10년 전, 봄이었습니다.

저는 작은 사업체를 꾸리면서 어머니와 함께 살고 있었습니다. 사업이 어려워져서 점점 집을 줄여 이사를 다니던 시절, 결국 남은 돈 다 털어서 어머니만큼은 편히 모시려는 마음으로 작은 아파트로 이사했습니다.

지은 지 20년도 훌쩍 넘어가는 오래된 아파트였습니다. 어찌 되었건 저는 못난 자식으로 어머니께 죄송스러웠습니다. 자력으로 일어섰지만 내리막길 타는 것은 한순간이더군요.

사업이라는 끈을 놓고 다시 시작한다는 마음으로 지인을 통해 대구에 직장을 잡게 되었습니다. 그래서 더욱 어머니께 죄송했지요. 곁에서 모시지 못한다는 마음에.

이사를 하던 날.

전 주인이 남기고 간 몇몇 물건들을 치우고 도배도 다시 하고 새롭게 꾸미니 칙칙한 아파트 외관과는 달리 집은 산뜻해 보였습니다. 실내 구조가 방과 방 사이에 욕실이 있었는데 욕실에는 창문이 없었습니다. 그리고 욕실은 벽, 천장 모두가 캡슐처럼 플라스틱으로만 시공되었습니다. 창문은 물론 환풍기조차 없는 독특한 구조였지만, 옛날 건물이라 그런가 보다 하면서 대수롭지 않게 넘어갔습니다.

걱정하시는 어머니를 다독여드리며 저는 대구로 내려갔습니다.

2주 후 다시 어머니를 뵈러 갔는데, 어머니 안색이 안 좋아 보였습니다. 그래서 어디 편찮으신 데 있냐고 해도 괜찮다고 하시더라고요. 다만 이상한 일이 있다고요.

당시 어머니는 요크셔테리어 4마리와 시츄 1마리를 키우고 계셨습니다. 홀로 적적하셨던 어머니는 그 반려견들을 애지중지 자식처럼 돌보셨지요.

그런데 이사하고 제가 대구로 내려간 그날 밤부터 개들이 짖기 시작했답니다. 어머니께서 한참을 주무시고 계시면 개들이 짖는 통에 자주 밤잠을 설치셨다는 겁니다. 방에서 거실로 거실에서 방으로 계속 돌아다니면서 짖기를 30~40분 정도, 그것도 매일 비슷한 시간대인 새벽 1~2시 사이에 그랬다고 합니다.

어머니께서는 이웃 주민들에게 행여 누가 될까 싶어 달래도 보고 혼내도 보고 했었답니다. 매일 새벽 그 일이 반복되니 어머니께서는 스트레스를 많이 받으셨겠죠. 사람을 정말 잘 따르는 애들이고 순한 애들인데 말입니다. 이유를 모르는 거죠. 왜 그 시간만 되면 개들이 짖는지를.

제가 어머니 댁에 돌아온 그날 밤.

한참을 자는데 어머니가 저를 깨우셨습니다. 저는 순간 '또 개들이 짖나?'라는 생각에 눈을 뜨는데 어머니께서 하시

는 말씀이……. 욕실에서 무슨 소리 못 들었냐고 하시는 겁니다. 저는 아무 소리 못 들었다며 열린 방문 틈으로 밖을 내다보았는데 개들 눈이 파랗게 불이 켜진 채 욕실을 바라보며 으르렁거리고 있는 겁니다.

욕실 문을 열고 확인을 해봤지만 아무 이상이 없었습니다. 어머니께 무슨 소리였냐고 여쭤보니 욕실 쪽에서 천장을 부수는 듯 '꽝, 꽝, 꽝.' 세 번 소리가 났다고 합니다.

잠귀가 밝은 저도 듣지를 못했는데 말입니다. 놀란 어머니와 개들을 진정시키고 다시 잠자리에 들었습니다. 왠지 찜찜한 기분은 저버릴 수 없었으나 피곤해서 그런지 잠이 들었지요.

다음 날. 어머니와 마트에 장을 보러 갔습니다. 장을 보고 집으로 와서 현관문을 여는 순간 어머니와 저는 놀라지 않을 수 없었습니다.

개들이 욕실에서 온갖 난동을 피운 것입니다. 욕실에서 얼마나 날뛰었던지 욕실에 있던 물건들은 죄다 넘어지고 성한 것이 없었습니다. 새끼부터 지금까지 키우면서 이런

적은 한 번도 없었는데 말입니다.

그리고 그날 밤.

무슨 일이 생길 것 같아 늦게까지 자지 않고 있었습니다.
한참 게임을 하면서 기다리고 있었는데, 거실에서 개들이
으르렁거리는 소리가 들렸습니다. 순간 이상한 느낌이 들
었고 이윽고 '꽝, 꽝, 꽝.' 어제 어머니께서 들었던 소리가
났습니다.

어쩌나 큰 소리인지 깜짝 놀라 넘어질 뻔했습니다. 방문
을 열고 불 꺼진 거실로 나가니 개들이 거실에서 욕실을 쳐
다보고 있었습니다. 어머니도 주무시다 방에서 나오며 하
시는 말씀이.

"너도 그 소리 들었지?"

하시는 겁니다.

저는 욕실 불을 켜고 문을 열어봤습니다. 하지만 아무것
도 발견할 수 없었습니다. 그래도 어머니께선 무서워서 못

살겠다고 하셨고, 그날은 거실에서 어머니와 함께 선잠으로 보냈습니다.

이상한 소리의 정체를 알아내지 못해서 찜찜했지만, 회사 때문에 다시 대구에 내려가야 했습니다. 어머니께는 아마 건물이 오래되어서 그런 소리가 날 수도 있다고 안심시켜 드렸습니다. 내려온 뒤로 저녁마다 어머니와 통화를 하면서 안심하시도록 말씀을 건넸지만 정작 저의 마음은 무거웠습니다.

계속 신경 쓰이는 탓에 주말에 내려가 어머니와 그 소리에 대해 상의를 하고 있는데 갑자기.

'꽝, 꽝, 꽝.'

낮인데도 욕실에서 그 소리가 나는 겁니다. 저와 어머니는 얼어붙었고 개들은 요란하게 짖어대고 모두가 패닉 상태였습니다.

더 이상은 참을 수 없었습니다. 하지만 아파트를 판다 한들 새집을 얻을 돈도 안 되었기에 우선 욕실을 수리해보기로 했습니다. 현실적으로 생각했을 때 그게 최선이란 판단을 했던 거죠. 잘 아는 선배에게 욕실 수리를 부탁해서 욕실 벽의 캡슐을 뜯어내어 방으로 만들고 베란다를 욕실로 개조했습니다. 욕실이었던 방은 강아지들 방이자 수납 공간으로 사용하기로 했습니다. 공사 후, 그래도 집에 혼자 있는 게 무서우셨던 어머니는 낮에는 밖으로 돌아다니시면서 아파트 주민들과 어울리셨습니다. 그러면서 새롭게 사귄 앞 동 아주머니에게 이 집에 관한 이야기를 들으셨다고 합니다.

이사 전에 노부부가 살았답니다. 금실 좋은 노부부였는데 살아생전 할아버지가 할머니에 대한 정이 애틋하셔서 누구라도 할머니를 괴롭히거나 성가시게 구는 사람이 있으면 지팡이로 바닥을 구르며 호통을 치셨다고 합니다. 또 할머니랑 둘이 사실 땐, 할머니가 욕실에서 오랫동안 안 나오시면 너무 걱정된 나머지 밖에서 문을 두드려 생사를 확인하시곤 했답니다.

그런데 그 뒤로 할아버지가 먼저 돌아가시고 할머니 홀로 되셨고, 그러고부터 이상한 일이 벌어졌답니다. 49재를 지내고 온 어느 날부터 집에서 '쾅-쾅-쾅' 하는 소리가 났다는 겁니다. 할머니 혼자 계실 때는 특히 욕실뿐 아니라 방, 거실, 천장에서도 그 소리가 났다고 합니다.

할머니는 그 소리에 신경쇠약에 병까지 얻어 결국 자식들이 사는 곳으로 가셨고, 그래서 시세보다 싸게 이 집이 나와서 제가 구할 수 있게 되었던 것입니다.

그리고 보니 이사하는 날, 장판을 교체하려고 안방의 장판을 들어 올릴 때 한 장의 흑백 사진이 나왔었습니다. 얼룩지고 빛바랜 한 장의 할아버지 사진이었습니다. 그때는 아무 생각 없이 사진을 쓰레기봉투에 버렸었는데…….

그 뒤로 제 사정이 좋아져 그 집에서는 이사하게 되었습니다.

저는 가끔 그 소리의 정체에 대해 생각해봅니다. 살아생전 할아버지의 습관과 무관해 보이지 않던 그 소리…… 할아버지는 할머니가 혼자서도 잘 지내는지 확인하고 싶으셨던 걸까요? 아니면 얼른 당신이 계신 곳으로 오라고 재촉하신 거였을까요?

히치하이커

지금으로부터 15년 전 일입니다.

당시 저는 경북 구미에 살고 있었습니다. 지금의 아내가
된 여자 친구는 당시 전남 완도에 살고 있었는데, 인터넷 동
호회 활동으로 알게 되어 서로 사랑을 싹틔우게 됐습니다.

하지만 원거리 연애다 보니 데이트를 하려면 차를 갖고
있는 제가 주말마다 구미에서 완도로 왕복하는 수밖에 없
었습니다.

완도로 가는 길은 하나뿐이었습니다.

88고속도로를 타고 광주, 나주, 해남을 거쳐 남창까지 가면 완도로 갈 수 있습니다. 지금은 길이 새로 생겨서 많이 좋아졌지만, 당시만 해도 나주만 벗어나면 완도까지 차 두 대가 겨우 지나갈 수 있는, 좁고 구불구불한 길이었습니다.

밤에는 조명이라곤 멀리서 보이는 인가의 희미한 불빛뿐, 가로등도 없어서 왠지 모르게 으스스한 기분이 드는 길이었습니다.

그날은 여름 장마철이었습니다. 토요일인데도 그날따라 일이 좀 많아서 늦게 출발했습니다.

지리산 휴게소를 지날 때부터 장대 같은 비가 계속 쏟아졌습니다. 광주에 도착했을 때는 이미 자정이 훌쩍 지나가 있었고, 비는 하염없이 쏟아지고 있었지요. 천둥 번개까지 쳐가면서…….

어차피 날이 밝아야 그녀를 만날 수 있었기 때문에 서두를 이유가 없었습니다. 느긋하게 스쳐 가는 풍경들을 즐겼습니다. 그녀가 사준 씨디를 들으며 휘파람도 불어가면서……. 저는 비가 오거나 눈이 오는 날씨를 좋아하거든요.

그러니까…… 그 학생……. 학생인지 청년인지 잘 모르지만, 어려 보였고 20살은 넘지 않아 보였으니 그냥 학생이라고 하겠습니다. 그 학생을 만난 시간이 새벽 2시에서 3시쯤이라고 짐작됩니다. 시계를 보지 않았기 때문에 거리상으로 짐작만 할 뿐입니다.

13번 국도를 따라서 막 고개를 하나 넘고 있었는데, 이 고개만 넘으면 해남이었습니다. 커브 길을 돌아가는 순간 제 차의 헤드라이트 빛에 그 학생이 비쳐 보였습니다.

우산도 없이 오는 비를 다 맞아가면서 태연히 손을 들더군요. 마치 택시를 잡듯이, 너무도 자연스럽게 길가에 서서 말이죠.

이 시간에? 이 산 속에서? 폭우까지 쏟아지는데??

'별 미친놈도 다 있구만.' 하면서 그냥 지나쳤는데…….

스쳐 지나가면서 언뜻 본 그 학생의 눈빛이 뇌리에 꽂히고 말았습니다. 정말 뭐라고 표현해야 할지 모르겠습니다만, 그 짧은 순간에 그것도 비까지 쏟아지는 한밤중에 그 학생과 눈이 마주칠 수 있었다니 지금 생각해도 의아할 따름입니다.

그 불쌍한 눈빛에 홀린 듯 저는 차를 세웠습니다. 그러곤 '어차피 조금만 더 가면 해남인데 태워주자.'라는 마음으로 내키진 않았지만 차를 돌렸습니다. 저는 그 학생이 해남 시내에 가는 거라고 생각했고, 그건 너무도 당연한 생각이었지요.

하지만 제 생각은 틀렸습니다. 그 학생은 스스럼없이 조수석에 올라타더니 한마디 툭 던지는 거였습니다.

"아저씨, 땅끝마을요."

변성기를 거치지 않은 짧고 가녀린 음성. 그 한마디뿐이었습니다. 그러고는 창 쪽으로 고개를 돌려 바깥만 바라보더군요.

'땅끝마을? 이게 택시인 줄 아나?'

혼자 속으로만 구시렁거리며 계속 달렸습니다. 완도 가는

길에 땅끝마을도 있으니 어차피 가는 길이니까 넘어가자 하고요. 조금 꽤씸하다는 생각은 들더군요. 최소한 고맙다는 말 정도는 해야 하잖아요.

하지만 조수석 창에 비친 그 학생의 표정은 굉장히 슬퍼 보였습니다. 그 표정에 말문이 막히더군요.

캄캄한 밤이었고, 비까지 내려서 몇 미터 앞도 잘 안 보일 텐데도 창에 비친 그 녀석의 눈동자는 아주 먼 곳을 바라보는 것 같았습니다.

뭐……. 실연이라도 당했겠거니, 그래서 술이라도 한잔 했겠거니, 그렇게 생각하면서 달렸죠. 그 학생도 날 신경 안 쓰는 거 같았습니다. 저는 옆에 아무도 없다 생각하고 콧노래를 흥얼거리면서 계속 달렸습니다.

남창에 거의 다다랐을 즈음, 비는 거의 잦아들었고 대신 새벽녘의 안개가 자욱하게 내려앉기 시작했습니다. 구름 속을 달리듯이 지독한 안개였지요.

저는 잠시 망설였습니다.

'땅끝마을까지 태워줄까……. 여기서 내리면 꽤 걸어가야 할 텐데…….'

"학생, 난 완도로 가야 하는데……. 어떡할래? 여기서 내릴 래? 집까지 태워다 줄까?"

그 녀석은 저를 한 번 돌아보더니 미소를 짓더군요. 그 학생의 얼굴을 그때 처음으로 바로 본 거였는데 제법 준수한 용모였고 무엇보다도 창백해 보였습니다. 그럴 만도 했습니다. 아무리 여름이지만 오밤중에 그 폭우 속에 서 있었으니.

좀 걱정이 되어서 한 번 더 물어봤습니다.

"안 좋아 보이는데……. 괜찮겠어? 집까지 태워다 줄게. 어차피 난 시간 많아."

그러면서 차를 땅끝마을 쪽으로 돌리려는데, 괜찮다면서 여기서 가까우니 내려달라고 하더군요.

저야 좋죠. 교차로에서 내려주고 다시 한번 물었습니다. 고개만 까딱거리더군요. 내려주고 교차로를 지나오면서 룸

미러로 뒤를 봤는데 분명히 방금 전 내린 그 녀석이 보이질 않는 겁니다. 교차로를 건너서 차를 세우고는 내려서 건너 편을 봤지만 역시 안 보이더군요.

자욱한 안개 때문에 바로 앞도 제대로 안 보이는 상황이 어서 크게 이상하다고 생각하지 않았습니다. '내리자마자 뛰 어갔겠지.' 그렇게 스스로를 납득시키고 서둘러 그곳을 떠 났습니다.

완도 읍내에 도착하니 새벽 5시가 다 되어가더군요.

적당한 곳에 차를 주차시키고 창문을 조금 열어놓고 의 자를 뒤로 젖혀 잠을 청했습니다. 두어 시간 자고 일어나면 그녀를 만날 수 있다는 생각을 하면서.

얼마를 잤을까. 창문을 두드리는 소리에 깼습니다. 희뿌 옇게 날이 밝아오는 가운데, 아까 그 학생이 차창을 노크하 듯이 두드리면서 자고 있는 나를 들여다보고 있었습니다. 거의 기절하는 줄 알았지요.

화들짝 깨어나서 놀란 내색을 하지 않으려고 애쓰면서

창문을 내렸습니다. 비몽사몽 더듬거리면서 횡설수설하는데, 그 학생이 씩 웃더니 고마웠다고 그러더군요. 아무도 태워주지 않았는데 유일하게 제가 태워줬다고 하는 겁니다. 여기까지 오는 동안 말 한마디 않더니, 고맙다는 말하려고 다시 온 건가 싶었습니다.

어떻게 돌아왔냐고 물어보려는데 녀석은 아랑곳하지 않고 계속 말을 이어갔습니다.

"비 오는 날 88고속도로로 가지 마세요."
"응? 뭐? 비? 왜?"

녀석은 그 말만 남긴 채 뒤돌아 갔습니다. 왠지 붙잡아야겠다는 생각에 차 문을 열려는데, 이런. 문이 안 열리는 겁니다. 순간 당황스럽더군요.

문을 열려고 용을 쓰다가 잠에서 깼습니다. 네. 그건 꿈이었습니다. 퍼뜩 문부터 열어봤죠. 아무 이상 없이 잘 열렸습니다.

꿈이 너무 생생했습니다. 꿈에서처럼 희뿌옇게 날이 밝아

오고 있었고. 어디서부터 어디까지가 꿈인지, 현실인지 한동안 헷갈렸습니다.

애초에 그 녀석을 태운 것부터가 꿈이었을까요? 녀석이 고맙다는 말 한마디 안 해서 꿍한 맘에 걸렸었나 보다, 그렇게 또 스스로 납득시키고 잊었습니다.

그 후론 그녀와 즐거운 일요일을 보냈습니다. 다음 날 출근도 해야 했기 때문에 데이트하다가 저녁에 출발했죠. 헤어지기 전에 커피를 마시면서 그 학생을 태웠던 일과 꿈에서 녀석이 했던 말, 지난밤에 겪었던 일들을 그녀에게 들려줬습니다. 마침 화창했던 날씨가 궂어지더니 멀리서 천둥소리가 들려오고 있었습니다.

이야기를 들은 여자 친구는 심각한 표정이었습니다. 때마침 빗방울도 떨어지기 시작했고 그녀는 한사코 88고속도로로 가지 말라는 겁니다.

제가 아는 길은 그 길밖에 없었고, 순천으로 해서 구마고속도로를 타고 나는 길이 있다는 건 들어서 알고 있었지만 당시에는 내비게이션도 없어서 한 번도 가본 적이 없는 길을 택하기란 쉽지 않았습니다.

하지만 여자 친구가 몹시 걱정하면서 부탁했기 때문에 88고속도로가 아닌 구마고속도로로 갔습니다. 처음에는 88로 가고 그녀에겐 순천으로 해서 갔다고 그럴까. 생각도 했지만 여자 친구를 속인다는 게 내키지 않아서 초행길인 순천으로 방향을 잡고 출발했습니다.

비는 계속 내리고 있었고 마산을 지날 즈음에 라디오에서 뉴스가 들려왔습니다.

고령터널 입구에서 유조차가 포함된 7중 추돌사고가 났다는 것입니다. 유조차는 뒤집어지고 사상자가 여러 명 발생했다는 겁니다. 88고속도로로 갔다면 지금쯤 나도 그 근처를 지나고 있겠구나 하는 생각이 퍼뜩 들더군요.

'설마 우연이겠지. 우연일 거야.'

그렇게 스스로 납득시키고 그 일은 그냥 지나갔습니다.

그러곤 잊고 있었습니다. 2년 동안은……

그 학생과 다시 얽힌 것은 2년이 지나고 나서 여름 휴가 때였습니다.

친구들과 휴가 날짜를 맞춰서 땅끝마을로 휴가를 갔습니다. 사실 친구들에게 그녀를 자랑도 할 겸 소개해주기 위한 계획이었지요.

땅끝마을에서 가까운 곳에 해수욕장도 있고, 완도로 가서 바다낚시도 할 계획이었습니다. 하지만 그날도 늦게 도착했지요. 항상 그렇습니다. 그쪽으로 갈 땐 새벽같이 출발하지 않으면 항상 한밤중에나 도착합니다. 숙소를 급히 구하느라고 조립식으로 대충 지은 허름한 민박에 간단한 짐들을 풀었습니다.

너무 피곤했던지 바로 눕자마자 잠에 빠졌습니다. 그런데 꿈속에서 뜻밖의 인물을 만났습니다. 2년 전 그 학생이었습니다. 이번에는 화난 모습이더군요.

"여긴 뭐하러 왔어요?!!"

지금 당장 나가라면서 나를 힐난하듯이 몰아세우더군요. 그러다가 잠에서 깼는데 시간이 꽤 된 줄 알았건만 밤 2시 밖에 되지 않았더군요. 이번에는 그냥 꿈이겠거니 하고 넘길 수가 없었습니다.

부랴부랴 자고 있는 친구들을 깨우기 시작했습니다. 친구들은 짜증이 이만저만이 아니었죠. 그도 그럴 것이 잠든 지 두어 시간밖에 안 되었는데 깨웠으니…….

저는 아직 잠에서 덜 깬 친구들에게 두서없이 꿈 이야기를 하며 예감이 안 좋으니까 빨리 나가자고 닦달했지요.

당연히 친구들은 나를 미친놈 보듯이 했습니다.

오밤중에 꿈 이야기를 하면서 나가자고 재촉하니 제가 생각해도 제정신이 아닌 소리였죠. 그래도 끝까지 고집을 피워 친구들을 하나씩 끌어내다시피 하면서 마당으로 나왔습니다. 끌려 나온 친구들은 마당 한편에 있는 툇마루에 앉아 잠에 취한 표정으로 욕지기를 하면서 담배를 피워 물고 있었고 바로 그때! 그때였습니다.

우리 옆방에서 순식간에 불길이 치솟은 겁니다.

무언가 터지는 소리와 함께 불길이 치솟았고, 그 불은 순식간에 우리 방까지 옮겨붙었습니다.

그 일은 정말 순식간에 일어났습니다. 저는 조립식 건물이 왜 위험한가를 그때 확실하게 깨달았지요. 불은 정말 순식간에 번졌습니다. 자고 있던 팬티바람의 사람들이 황망하게 뛰쳐나왔지만……. 이미 상당한 화상을 입은 상태였습니다.

나중에 알게 되었지만 병원에 실려 간 부상자 중 한 분은 결국 돌아가셨답니다. 그 화재 사건으로 우리의 휴가 계획은 엉망이 되었지요. 전 그 학생 얘기와 꿈 이야기들을 친구들에게 자세히 들려줬습니다.

그중 한 친구가 그 학생을 한번 찾아보자고 제안했고, 어차피 휴가 계획은 다 망쳤으니 다들 그러자고 찬성했습니다.

그렇게 동네 어른들을 찾아다니며 수소문한 결과 알게 된 사실은,

15년쯤 전, 그러니까 지금으로부터는 25년쯤 전이 되겠군요. 해남 근처에서 실족사한 고등학생이 한 명 있었다고 합니다.

여자 친구에게 차이고 술에 취한 상태에서 도로 옆 절벽으로 떨어졌다고 하는데 자살이라고도 하고 사고라고도 하고…… 의견이 분분했습니다.

사건 당시에도 말들이 많았는데 경찰에서는 자살로 결론지었다고 하더군요. 그 학생 집은 땅끝마을에 있었다고 합니다. 아버지는 안 계시고 어머니와 단 둘이 살았다고 하는데, 그 일이 있고 어머니의 종적이 묘연해졌다고 합니다.

그 이상은 자세히 알 수가 없었습니다. 그런 일이 있은 뒤로 두 번 다시 그 학생을 만날 수 없었습니다.

요즘같이 비가 억수같이 쏟아지는 여름밤이면 그 학생 생각이 납니다. '오늘도 그 길에서 서서 차를 얻어 타고 있지 않을까?'라는 상상을 해봅니다.

검은 소

제주도는 지리적으로 화산암반지대로 비가 오면 거의 대부분이 땅으로 흡수됩니다.

그래서 200~300밀리미터의 비도 별거 아닐 때가 많죠. 그런데 땅에 흡수 안 되고 하천을 따라 바다까지 내려가기도 하는데 이때 하천의 물이 불어났다가 조금씩 말라가면서 상류에 연못이 여러 개 생깁니다. 이를 제주도 방언으로 '소'라고 합니다. 해방 이전까지의 제주도 사람들은 이 '소'를 식수원으로 삼았습니다.

그중 제주시 도평동에 검은 소라는 곳이 있습니다.

이름을 검은 소라고 한 이유는 소의 수심이 깊고 검게 보이기 때문인데, 그래서인지 마을 사람들은 이곳에 가기를 꺼립니다. 옛날부터 사람들이 많이 빠져 죽었다는 이야기도 떠돕니다.

이곳에서 저희 작은아버지와 당시 중학교 1학년이던 제가 목격한 일을 이야기해보려 합니다.

지금은 탈곡기도 있고 보리를 익혀주는 곳이 많았지만 옛날에는 아스팔트 위에 깔아 햇빛에 말렸습니다. 이 작업을 하고 나면 윗도리가 축축하게 젖을 정도로 땀을 흠뻑 흘렸습니다. 그럴 때면 작은아버지와 인근 하천의 소를 찾아 멱을 감곤 했습니다. 하루는 소 하류 부근에서 멱을 감는데 작은아버지가 한눈판 사이에 제가 없어졌다고 합니다.

저도 멱을 감던 기억은 나는데 나중에 정신을 차려보니 검은 소 앞까지 갔던 것입니다. 작은아버지도 한참 찾다가 저를 발견했는데 처음에는 깜짝 놀랐다고 하시더군요. 제가 눈을 뒤집고 돌아봤다는데, 전 기억이 없었습니다.

그 일이 있고 나서 제 할머니가 저를 데리고 유명한 신방

(제주도 무당)을 찾아가서 액막이굿을 했는데, 액막이가 안 된다고 하는 것입니다.

이유인즉,
바로 제 옆에 처녀귀신이 붙어 있기 때문이라고 합니다.

그래서 그 신방이 귀신에게 무슨 한이 있냐고 물어보았고, 신방의 입에선 귀신이 하는 이야기가 전해졌습니다.

귀신에 의하면, 자기도 옛날에 중산간 마을로 식게(제사의 제주 방언) 먹고 오다가 귀신한테 홀려 빠져 죽었다고 합니다. 거기에 빠져서 죽은 사람이 99명이고, 제가 죽으면 100 명째라는 것입니다. 제가 죽어 귀신이 되면 나머지 귀신들은 그 소에서 풀려나 자유가 된다는 것이었습니다. 제가 귀신이 되면 앞으로 또 100명을 홀려야 한다고 하더군요.

그곳을 못 벗어나는 귀신들이 왜 사람을 홀릴까 하는 것은 바로 거기 사는 귀신들의 자식들이 차린 식게도 못 먹으러 가기에 하도 원통해서 지나가는 사람을 홀린다고 하더라고요.

이유야 어쨌든 저를 살리기 위해서도 그렇고 앞으로의 사고를 예방하는 차원에서 그 소를 찾아가서 굿도 하고 액막이도 했습니다. 덕분인지 저는 아직 살아서 이 글을 쓰고 있지요.

그 후, 지하수 관정이 많이 뚫리는 바람에 소의 수심이 아주 낮아져서 사고도 많이 줄어든 상태입니다. 21년이 지난 지금, 저는 이 지역 주민센터에서 일하고 있습니다. 그 소 근처로 올레길이 났더군요.

그런데 어느 날 괴이한 소문이 들렸습니다. 한 여자 올레꾼이 근처를 지나던 중 여자 울음소리에 끌려 그 소로 가다가 갑자기 신발이 벗겨지는 바람에 번뜩 정신이 들어 눈을 뜨니 절벽 바로 앞에 있었다는 것입니다.

그 이후로 올레꾼들 사이에서는 절대 오후 4시 이후로는 혼자 다니지 말라는 소문이 났었습니다.

저는 경험자이기에 진상을 파악하고자 가서 사진을 찍었습니다. 그런데 정말 아름답기 그지없더군요. 무시무시한 연못이 아니라 하나의 그림 같았습니다.

이제 와서 생각해보니 공포는 어둡고 으스스한 곳보다는 정신을 혼미하게 할 정도로 아름다운 곳에서 더 치명적으로 다가올 수 있는 것 같습니다.

아직도 저녁 늦게 그곳을 지나면 귀신의 울음소리가 들린다고들 합니다.

육군 D병원 미스터리

95년도 늦여름이었을 겁니다. 제가 94년에 입대해서 96년에 제대했거든요.

훈련 중 부상으로 추간판탈출증(허리디스크) 판정을 받아서 육군 D병원으로 후송을 갔는데 뭔가 시끌시끌한 분위기였습니다. 그래서 뭔 일이 있었냐고 물어보니…….

어떤 군인이 육군 D병원에 후송 왔는데 몇 달 뒤 친구가 병문안을 왔다고 합니다.

그런데 그날 저녁 인원 체크를 하는데 그 사병이 보이지 않았다고 합니다. 부대를 다 뒤져보니 매점 뒤 부근에 안면

부를 다 도려내고 지문을 딸 수 없도록 손가락도 잘라낸 채 수십 차례 난도질을 당한 시체가 있었다고 합니다. 당연히 병원에서는 난리가 났죠.

그래서 헌병대에서 수사를 시작했는데요. 사병이 살해당하던 날 정문 초병에게 이상한 이야기를 들었다고 합니다. 그 정문 초병은 전날 밤 묘한 환청을 들었는데요. 자려고 누웠는데 누군가 "손, 손, 손." 이런 소리를 귓가에 속삭이는 것 같더랍니다. 으스스한 기분이 들어서 밤새 잠을 설치고 나서 그다음 날 한 군인이 지나가는 걸 본 겁니다.

면회를 끝내고 나가는 그 군인은 소맷자락으로 손을 감추고 걸어가더랍니다. 그래서 불러 세워서 손 좀 보자고 했다는 겁니다. 그런데 과일을 깎다가 칼에 심하게 베여서 그렇다는 핑계를 대면서 그냥 가려고 했답니다. 그래서 치료실로 보내서 몇 바늘 꿰맨 뒤 치료받게 한 다음 보내주었다는 이야기입니다.

그래서 그 군인의 신상을 파악해보니 그 살해 당한 군인

의 친구였다는 겁니다. 그 군인의 부대로 헌병을 보내어 추궁해본 결과 진짜 그 군인이 살해범이었습니다.

그 친구를 죽인 이유는…….

중학교 시절부터 고등학교 졸업 때까지 엄청나게 괴롭힘을 당했다고 합니다. 심지어 대학교 시험마저도 그 친구 때문에 볼 수 없었다고 합니다.

그래서 항상 복수를 꿈꾸던 어느 날. 휴가를 나왔는데 동네 친구로부터 병원 후송 이야기를 들은 순간 복수를 실행에 옮겨야겠다고 생각했다는 겁니다.

그 친구를 죽일 목적으로 칼을 준비하고 병원 면회소 매점으로 불러냈답니다. 이런저런 이야기를 나누다가 담배한 대 피우자고 밖으로 유인해 준비했던 흉기로 무자비하게 찌르고 난도질한 다음 얼굴 껍질을 다 벗겨내고 복수를 실행했다는 것이죠.

손을 다친 것도 그 때문이었습니다. 사병이 칼에 찔리면서 발버둥 치는 바람에 손을 베었다는 겁니다. 초병이 다친 손을 발견하지 않았다면 영원히 미해결 사건으로 남을 뻔했던 일입니다.

정문 초병의 귓가에 들렸던 "손, 손, 손."이라는 소리는 누구의 속삭임이었을까요?

한밤의 국도

저는 서울 강동구에 거주하고 있고 여자 친구는 경기도 광주에 거주하고 있습니다.

만나서 데이트를 하면 항상 집에 데려다주곤 했지요. 여자 친구 집이 경안 IC에서 가까운 데라서 항상 고속도로를 이용하곤 했어요. 가끔 국도를 이용하기도 했지만 왠지 음산하고 가로등도 없고 해서 국도를 이용하지는 않았습니다. 게다가 그날 일을 생각하면 국도를 탈 엄두가 나지 않습니다. 아직도 생생한 그날 일을 글로 옮겨 볼까 합니다.

몇 해 전 설날에 있던 일입니다. 저희 집은 큰집이 서울이고 여자 친구는 본가가 큰집이라서 설날 연휴에도 만날 수가 있었습니다. 만나서 데이트를 하고 데려다주는 길에 고속도로 정체가 너무 심해서 집에 오는 길에는 국도를 이용해야겠다고 생각하고 있었습니다.

돌아올 때는 이미 자정이 넘은 시각. 국도에는 차도 없고 가로등도 없었습니다. 혼자라는 적막함에 노래도 크게 틀고 상향등도 켜보고 했지만 차에 틀어놓은 히터조차도 찬 바람을 뿜는 듯 서늘했습니다. 그렇게 멍한 기분으로 담배를 피우고 집에 가고 있는데 멀리서 뭔가 보이는 겁니다. 가로등이 없어서 상향등을 켜고 멀리 이정표에 라이트를 쏘고 있었습니다. 제 눈에 보이는 건 이정표 위에 한 여자가 앉아 있는 모습이었습니다. 몸을 좌우로 흔들면서 이정표 위에 앉아 있었습니다. 눈을 의심했지만 차가 가까이 가면 갈수록 확연히 보이는 겁니다.

이 늦은 밤에 여자 혼자 있는 게 이상했습니다. 저는 먼저 상향등을 껐습니다. 등에서 식은땀이 흘러내렸습니다.

잠시 차를 세워서 내가 잘못 본 거겠지 하고 다시 보았는데 그 여자가 이정표에서 다리를 걸고 밑으로 휙 돌아눕는 겁니다. 마치 철봉에 거꾸로 매달려 있는 것처럼 긴 머리를 땅으로 풀어헤치고 팔을 대롱대롱 흔들고 있었습니다.

주변에는 아무도 없었습니다. 장시간 운전하다 보니 제가 헛것을 본 건가 싶어 눈을 비벼봐도 역시 같은 모습의 여자가 저를 주시하고 있었습니다. 누구에게든 도움을 청하고 싶었지만 그럴 수 없었습니다. 지나가는 차도 없고 당시만 해도 블랙박스가 있던 것도 아니어서 저 혼자 맞닥뜨린 이 상황을 누가 믿어줄 것 같지도 않았습니다.

악몽이다, 생각하고 그냥 지나가기로 했습니다. 액셀을 꾹 누르고 출발했는데……,

이정표 근처를 지나가자 그 여자의 머리카락이 갑자기 죽죽 늘어나더니 차 앞 유리를 덮는 것이었습니다. 아무것도 보이지 않게 되자 저는 거의 정신을 잃을 지경이 되었습니다. 혼미해진 채로 비명을 지르고 속력을 올렸고 그 순간 난간에 부딪혀 정신을 잃었습니다.

깨어나 보니 병원이었습니다. 다행히 저는 생명에 지장이 있을 정도로 다친 건 아니었지만 차는 폐차를 했습니다.

이 일을 당시 여자 친구에게 말했더니 이런 말을 해주는 겁니다. 그 국도에서 남녀 커플이 탄 차가 전복되어 여자가 죽은 사건이 있었다고 합니다. 이때 같이 탔던 남자는 살아서 다른 여자와 결혼을 했다는데, 이에 앙심을 품은 죽은 여자가 귀신이 되어 그곳에 머물게 된 건 아니냐는 말을 했습니다.

그 말을 들으니 다시 등골이 오싹해지더군요. 그 여자 귀신은 남자 혼자 운전해서 가는 차를 보면 자기 남자 친구인 줄 알아서 데려가려고 하는 걸까요?

지금은 결혼을 해서 광주에 전만큼 자주 안 가도 되고 때마다 처가에 갈 땐 고속도로를 타고 갑니다. 아내를 태우고 가면 귀신의 시샘이 미칠까 봐 그쪽 국도로 도저히 다시 갈 엄두가 나지 않습니다. 광주로 가는 국도에서 저와 비슷한 체험을 하신 분이 있는지 궁금합니다.

허공

7살인가, 8살이었던가, 아주 어렸을 때 일입니다.

그때 저는 화곡동의 주공아파트에서 살고 있었습니다. 시범아파트라고 해서, 서양식 마당이 있는 단층주택과 3층짜리 아파트로 이루어져 있는 크지도 작지도 않은 아파트단지였습니다. 어른들이 술자리에서 하시는 말씀을 엿들었는데, 5공화국 때 지었다고 하더군요. 지금 기준으로는 아주 오래전에 지은 아파트인 겁니다.

저는 그 동네가 아주 좋았습니다. 사람 냄새 나는 아담한 단지가 지금도 가끔 기억납니다. 낮에는 한 살 어린 제 동생과 저, 둘만 집에서 놀곤 했습니다. 부모님은 맞벌이를 하셨고 우리 집에는 어린 우리를 돌봐주시는 아주머니가 오셔서 밥도 해주시고 청소도 해주셨습니다.

우리가 자주 놀던 놀이방은 문고리가 부서져 있었습니다. 집이 낡다 보니 둘이 놀다 부순 것 아닌가 싶어요. 그래서 손잡이를 빼버리고 문에 난 구멍에 문을 열고 닫을 수 있게 끈을 끼워놓고 테이프로 붙여 놓았습니다. 문이 안으로 열리는 구조였기 때문에 빨랫줄로 고리도 만들어두었지요. 잡아당기면 문이 안 열리도록 말이죠.

그날도 우리는 그 놀이방에서 문을 닫고 놀고 있었습니다. 집엔 아무도 없었고, 그래서 더 신나게 블록을 만들고 부수면서 놀았습니다. 아침부터 점심까지 놀고 있었는데 어느 순간 동생이 오줌 마렵다고 화장실 갔다 오겠다고 했어요.

그런데 문이 안 열린다고 하는 겁니다. 고리를 당겨서 문을 열려고 했지만, 고리가 문이랑 같이 끼어서 밖으로 나가 있었습니다. 그래서 문이 안 열렸던 것이지요. 안으로 열리는 문이라 당겨서 열어야 했는데, 당길 수 있는 것이 없었습니다. 저는 안절부절못하게 됐습니다.

동생은 오줌이 마렵다고 칭얼대고 있었고, 똑같이 어리긴 했지만 형으로서 저는 뭔가 해야 했고 급한 마음으로 창문 밖을 보았습니다.

우리 집은 3층이었습니다. 당시 TV에서 헐크 만화를 자주 보았던 저는 이쯤 높이에서 뛰어내린다 해도 죽지 않는다고 생각했습니다. 그래서 저는 창밖으로 뛰어내려 다시 집으로 돌아온 뒤 그 방 문을 밖에서 열어주면 되겠다 싶었습니다.

3층 아래 밖을 보니 창밖은 자갈이 조금 깔려 있었습니다. 하늘을 보니 날씨가 참 좋았습니다. 구름 하나도 없었어요. 지금 생각해보니 죽기에 좋은 날이었던 것 같습니다.

일단 창에 매달렸습니다. 그렇게 하면 충격도 덜하고 조금이라도 덜 아프지 않을까 싶었거든요. 동생이 그러지 말라고 울고 있었지만, 당시 어린 마음에 저는 남자다움을 보여주고 싶었습니다. 동생의 우는 소리를 들으면서 손을 놓았습니다.

위를 보며 떨어지고 있었는데, 그때 허공에서 웬 얼굴을 보았습니다. 갑자기 나타났다기보다는 원래부터 거기 있던 느낌이었습니다. 하얀 수염을 기르고 하얀 옷을 입은 사람이 위에서 저를 내려다보고 있었어요. 표정이 보일 거리는 아니었는데 느낌에 그 사람은 인자하게 웃고 있었던 것 같습니다. 떨어지고 있는 상황에서도 마음이 차분해지고 별일 없을 거라는 생각이 들었어요.

저는 자갈밭에 발부터 떨어졌습니다. 발이 땅에 닿자마자 쓰러졌고 엄청난 고통과 공포가 몸을 엄습했습니다. 이렇게 죽는 건가……. 배가 아파서 숨을 쉴 수가 없었어요. 떨어진 곳은 아파트 뒤쪽이라 인적이 없었습니다. 어떻게든 사람들에게 도움을 청해야겠다고 생각해서, 아파트 옆쪽으로 기어갔습니다.

가까스로 기어서 큰길가로 나올 수 있었습니다. 그때, 우릴 봐주시는 아주머니가 언덕에서 올라오시다가 저를 발견하셨어요.

저는 병원으로 실려 갔습니다. 부러진 곳은 없었고, 발목 뼈에 금이 조금 갔다고 했어요. 며칠 입원하는 동안 간호사 누나들이 슈퍼맨 놀이 어쩌고 하며 절 보고 웃고 지나가곤 했습니다.

'그 수염 할아버지는 누구였을까……. 왜 거기 있었을까…….' 하는 생각을 했지만, 주위에 물어봐도 슈퍼맨 놀이 하다가 떨어진 아이의 말은 아무도 믿어주지 않았습니다.

어릴 때는 그 할아버지 덕분에 제가 살았다고 생각했습니다. 지금 생각해보면 그땐 가벼웠고 발부터 떨어졌기에 그렇게 크게 다치지 않은 건지도 모른단 생각도 듭니다만, 그 순간 허공에 보였던 할아버지의 얼굴은 지금도 또렷합니다.

그 할아버지도 '그래선 죽지 않아.'라고 웃고 있던 건 아닐지. 그분은 누구였을까요? 혹시 저를 지켜주시려는 조상님 아니었을까요?

대만 신하이터널

　대만에 타이베이 시내에서 외곽 목책이라는 지역으로 가는 길에는 약 800미터의 터널이 있습니다. 터널 입구에는 화장터가 있고 터널 위로는 무수히 많은 묘지들이 자리 잡고 있는 기이한 분위기의 터널입니다.

　워낙 환경이 그렇다 보니 소문이 많은 곳이고 택시기사들은 야간에 그 터널을 지나기 꺼리는 경우가 많았습니다. 그 터널에서 실제로 기이한 경험을 했던 친구가 겪은 일입니다.

　경영학을 전공했던 저희는 인력자원관리팀 프로젝트로 인해 늦게까지 강의실에서 토론 중이었습니다.

평소 고집이 강했던 차이쯔종은 그날 역시 끝까지 자기 주장을 내세우며 토론 시간을 끌고 있었습니다. 토론을 싫어했던 저는 동기들의 불만을 뒤로하고 먼저 강의실을 나왔습니다.

마침 제가 타고 다니던 오토바이도 수리 중이어서 지에원이라는 지상철을 타고 집으로 바로 갔는데, 다음 날 강의 시간에 쯔종이 보이지 않았습니다. 무슨 일이 있나 싶어 전화를 하고선 놀라서 바로 병원으로 향했습니다.

쯔종이 어제 신하이 터널에서 사고가 나서 입원을 했다고 쯔종의 어머니가 대신 전화를 받았기 때문입니다. 병실에 들어가서 쯔종의 모습을 보고 조금 안도했습니다. 왼쪽 어깨부터 발등까지 화상은 입었지만 한눈에도 그리 심한 부상은 아닌 듯 보였습니다.

그런데 말을 걸어보니 문제는 따로 있었습니다. 문제는 쯔종의 정신상태였습니다. 저를 보고도 멍한 표정을 하고 아무런 말이 없었습니다. 사고 충격인가 싶어 옆에 앉아서 천천히 말을 걸었습니다.

"어제 토론 때 흥분하면서 빡빡 우기더니 꼴이 뭐냐?"
"나 귀신 봤어……."

"응? 뭐?"
"귀신 봤다고."

별 반응 없던 저에게 쯔종은 입을 열기 시작했습니다.

그날 밤 토론은 12시 반까지 진행되었다고 합니다. 서둘러 집으로 오토바이를 타고 가던 쯔종은 어느덧 신하이터널로 들어서게 되었는데, 차 한 대 없던 터널로 들어서니 앞에 오토바이 한 대가 달리고 있었다고 합니다.

오토바이를 탄 여자는 유난히 얇고 하늘하늘한 옷을 입고 있었는데, 헬멧을 쓰고 있지 않아서 긴 머리가 나풀거리는 게 무척 신경 쓰였다고 합니다. 그러는 동안 집에 빨리 가서 쉬어야겠다고 생각해서 속력을 내기 시작했답니다.

그런데 앞 여자의 모습이 점

점 더 가까이 보이면서 이상함을 느꼈습니다. 그 여자의 머리가 이상할 정도로 흔들리고 있었던 것입니다. 마치 낙엽이 바람에 흔들리듯이……

친구는 더욱 속력을 냈습니다. 그러나 아무리 속력을 내도 그 여자와의 거리가 좁혀지지 않았고 이상하게도 터널 끝이 계속 보이지 않았다고 합니다.

서서히 공포감을 느끼기 시작한 친구는 다시 반대편으로 갈까 하고 뒤를 돌아봤는데, 한참을 달려온 것 같은데도 아직도 터널로 진입했던 입구가 보이는 것이었습니다.

그리고 앞을 돌아보니 그 여자 목이 180도 돌아서 자신을 보고 있었다고 합니다. 급기야는 그 여자 목이 뚝 하고 떨어지더니 바닥을 몇 번 튕겨서는 자기 품으로 들어왔답니다.

"ㅇㅇㅇㅇ악~~."

자신도 모르게 오토바이를 왼쪽으로 틀면서 도로에 미끄러져 갔고, 그러고는 정신을 잃었다고 합니다.

그 얘기를 들으니 전에 교수님에게 들었던 이야기가 생각났습니다. 20년 전 지방에서 올라와 학교를 다니던 여학생이 집에서 불이 나서 가족들이 모두 죽자 견디다 못해 터널 위의 묘지 산에서 목을 매고 자살을 했었다고.

시간이 한참 지난 뒤에야 발견되어 시체는 이미 부패한 상태였고, 그래서 발견 당시 경찰의 실수로 목이 떨어져 나갔다는 것입니다. 마치 도로 위에서 통통 튀듯이 해서 동산 아래 신하이 터널 입구까지 굴러 떨어졌었다고 합니다.

그때 머리가 떨어진 귀신이 그 근방을 하염없이 헤매고 있는 건 아닌지……

창고의 기이한 존재

27살 때였으니 10년 전 일입니다.

옷 장사 한번 해보려고 동대문 옷가게에 점원으로 들어가서 일을 배울 때 일입니다. 작업복을 도매로 파는 곳이라 대량 주문이 많았습니다. 매일 분주하게 가게와 창고를 새벽에 몇 번씩 왕복할 정도로 바빴던 기억이 납니다.

저희는 중국에서 물건을 몇 천 장에서 몇 만 장까지 만들어 와서 서울에 있는 창고엔 일주일치 물량만 배치해놓고 나머지는 지방에 위치한 창고에 보관을 해두곤 했습니다.

동대문 옷가게들은 보통 밤 7시에 개장해서 다음 날 12

시에 문을 닫기에 물건이 조금 모자라다 싶으면 낮에 지방에 가서 옮겨 오곤 했습니다.

그러던 어느 날.

개시부터 주문이 엄청 몰려와서 12시가 되기 전에 이미 가게랑 창고에 있는 물품이 거의 동이 나버렸습니다. 장사가 잘돼서 기분은 좋았지만, 당장 팔 물건이 없으니 어쩔 수 없이 지방 창고까지 가야 했습니다.

저희 가게를 메인 거래처로 하는 용달 아저씨를 부르고 야심한 밤, 창고까지 이동했습니다. 새벽에 지방을 가는 것도 첨이었지만 용달차 아저씨도 쉬셔야 할 시간에 불러서 미안한 마음에 혼자 창고에 들어가서 물건을 뺄 테니 아저씨는 좀 쉬시라고 하고 혼자 들어갔습니다.

30분가량 열심히 리스트에 있는 물건들을 넉넉하게 뺐습니다. 그러고 나니 한겨울인데도 땀이 막 났습니다. 잠시 앉아서 조금만 쉬었다가 나가야지, 생각했는데, 저도 모르게 앉은 채로 잠에 빠진 모양입니다.

근처에서 느껴지는 인기척에 졸다가 갑자기 눈이 떠졌습니다. 느낌이 싸해서 천천히 고개를 들었는데 순간 전 기절하고 말았습니다.

　바로 앞에서 저를 보고 있는 창백한 얼굴이 있었습니다. 나중에 정신을 차리고 나서 생각해보니 이상했습니다. 보통 사람 키보다 훨씬 높은 위치에 하얀 얼굴이 절 쳐다보고 있었는데, 몸은 마치 그림자처럼 흐릿하게 보이지 않았습니다.

　한참이 지나고 나서야 용달 아저씨가 와서 절 깨우셨습니다. 정신을 차리고 나서 아저씨에게 얘기를 해드렸더니 아저씨도 용달차 안에서 잠시 졸고 있었다고 합니다.

　그런데 저희 창고는 바닥이 구멍이 송송 뚫려 있는 현무암 같은 돌이라 밟으면 와그작와그작 소리가 크게 납니다. 용달 아저씨가 졸고 있는데 와그작와그작 소리가 계속 나서 바로 눈을 떴다고 합니다. 제가 일 다 마치고 나오는 줄 알았다고 하시더군요. 그런데 조금 지나도 제가 안 오더랍니다.

그래서 짐 같이 옮겨주려고 창고로 가니 돌 밟는 소리는 갑자기 사라지고, 창고에는 저 혼자 기절해 있던 것입니다.

창고에 누군가 있는 거 같아서 찾아봤지만 아무도 없었습니다. 가게로 돌아와서 제가 일하는 가게 사장님에게 제가 본 걸 말했습니다. 그랬더니 사장님도 그런 경험을 하신 적이 있다고 합니다. 새벽이어서 피곤하고 기가 허해서 헛것을 보았나 하고 넘겼는데, 저도 같은 걸 보았다고 하니 그제야 전에 봤던 얼굴이 다시 떠오르시는 것 같았어요. 그러면서 이런 말을 덧붙이셨습니다.

"살아생전 예쁜 옷으로 치장해보지 못하고 죽은 사람이 옷 공장이나 옷 창고를 기웃거린다더니. 그 말이 맞는가 보다. 옷 창고에는 옷이 얼마든지 있으니까…… 이 옷 저 옷 갈아입어보느라 거기 있는 걸까?"

그 후에는 새벽에는 창고에 잘 가지 않게 되었습니다만, 요즘도 이슥한 밤이 되면 껌껌한 옷 창고 안에서 이 옷 저 옷 골라 입어보는 여자 귀신의 모습이 머릿속에 떠올라 잠을 잘 이룰 수 없습니다.

그 아이

아버지의 고향은 제주 수산리입니다.

수산리에는 수산진성이라는 성이 있는데, 어릴 적 아버지께서는 그곳에서 자주 놀다가 기이한 일을 겪으셨다고 합니다.

수산진성은 조선시대 때 현무암으로 쌓은 성으로, 관방시설(험준한 곳에 시설을 만들어 방어를 위한 곳)이었다고 합니다. 현재 수산진성이 있는 곳은 아버지가 다니셨던 초등학교 근처여서 아버지를 포함한 동네 아이들은 그곳에서 자주 놀았다고 하네요.

그날도 아버지는 친구들과 함께 수산진성에 가다가 돌을 높게 쌓아 올린 곳을 발견하게 되었습니다.

"야, 저기 뭐하는 곳이냐?"
"소원 비는 곳 같은데? 우리도 한번 빌어볼까?"

아버지 친구는 소원 비는 곳이라고 말하곤 가자고 했습니다.

"혹시 들어줄지 모르잖아. 어서 빌자."

그곳에서 원하는 소원을 빌고 돌아가려는데, 등 뒤에서 어떤 목소리가 들렸습니다.

"여기가 소원 비는 곳 맞아?"

아버지 또래의 여자아이가 어느새인가 아버지 뒤에 있었습니다. 소원 비는 데 너무 열중한 나머지 누가 오는 줄도 몰랐던 것입니다.

"나도 여기에 소원을 빌려고 왔어."

아버지가 기억나는 대로 말씀하신 바로는 그 소녀의 차림새는 단발머리와 고무신, 치마와 반팔 티를 입었고 고개를 숙인 채 무언가 중얼거리기 시작했는데, 아버지 눈앞이 흐려지더니 여자아이가 사라졌다고 하네요.

아버지와 친구는 그 광경에 너무 놀라, 몇 번을 넘어지면서 집까지 계속 달리셨다고 합니다. 집에 와서 어른들에게 이야기하고자 했지만, 너무 황당한 일이어서 믿어주지 않을 것 같았고, 결국 아무에게도 말할 수 없었다고 합니다.

그런데 얼마 후에 마을에 이상한 소문이 들려왔습니다. 수산진성에 어린 여자아이가 갑자기 나타났다가 사람들에게 말을 걸고는 사라진다고 하는 소문이었습니다. 아버지도 어르신들 이야기를 들으시고 소원 비는 곳에서 만난 소녀를 떠올렸습니다.

"저희도 소원 비는 곳에 다녀왔는데 혹시 거기가 어디에요?"

아버지께서 마을 어르신들 중 한 명에게 묻자 마을 어르신은 이야기를 시작하셨습니다.

수산진성을 지을 때 자꾸만 무너져 내려서 축성하던 사람들 중 하나가 스님께 물었더니 "열 살 되는 어린 여자애를 공양해 성을 쌓으면 무너지지 않을 것이다."라고 했답니다. 그래서 열세 살쯤 되는 어린 소녀를 공양해 바치니 성이 무너지는 일은 없었지만, 그 소녀의 영혼을 달래기 위해 진앙할망당이란 당을 세웠다는 겁니다.

그 후로 가끔 그곳에 여자아이가 나타나서는 그곳을 찾는 사람들에게 소원을 비는 곳이냐고 물어본다고 하네요. 아버지에게 수십 년도 지난 일이지만, 문득 그 아이가 빌었던 소문이 뭐였는지 가끔 궁금하시다고 합니다.

자정의 방문자

20년도 더 지난 일입니다.

때는 1993년 겨울. 그때 저는 천안 1공단에서 조그만 부품 공장을 운영하고 있었습니다. 큰 공장 옆에 있는 조그만 2층 건물이었는데, 1층엔 생산시설과 기숙사를, 2층에는 창고 등을 만들어두었고, 당시 저는 1층에 만들어둔 숙직실에서 기거하고 있었습니다.

어느 날 밤이었습니다.

밤 12시쯤 되었는데 2층에서 또각또각 구두 발소리가 났습니다. 2층에 올라가려면 기숙사 밖으로 나가서 다시 사무실을 통해 올라가야 하는데, 사무실은 밖에서 잠겨 있었습니다. 창마다 방범창살이 튼튼하게 되어 있는데 뜯긴 흔적도 없고 아무리 돌아봐도 누가 들어간 흔적이 없었습니다. 그런데도 2층에선 여전히 발소리와 문을 여닫는 소리가 들렸습니다.

2층 바닥이 마룻바닥이어서 1층 기숙사에선 그 소리가 너무나 또렷하게 들려왔습니다. 2층엔 창고를 비롯한 방이 몇 개 있었는데 잡동사니만 보관하던 곳이었습니다. 이상한 소리에 도둑인가 싶었지만 여기저기 살펴보아도 아무도 없었기에 불안한 마음으로 밤을 지새웠습니다.

그 이튿날, 바로 옆 큰 공장 직원들에게 지난밤 얘기를 들려줬지만, 직원들은 내가 환청을 들은 거라며 믿지 않았습니다. 그런 얘길 들으니 왠지 꿈같기도 하고, 다른 곳에서 들린 소리를 착각한 것일지 모른단 생각이 들더군요.

그렇게 하루가 지나 또 밤이 되었습니다. 정확히 11시 50분쯤 되자 다시 또각거리는 소리가 나기 시작했습니다. 이번엔 아주 콩콩대는 소리며 문을 세게 여닫고 달그락거리는 소리까지 들렸습니다. 그러고는 또렷하게 이런 목소리가 들렸습니다.

"배고파……. 밥 줘……."

잘못 들었나 싶어 다시 귀를 기울여보는데, 한참 있다가
는 "큭큭큭." "킬킬킬." 하며 웃는 건지 우는 건지 모를 소리
가 들렸습니다.

밖에서 누구냐고 고함을 지르자 잠시 소리가 멈췄습니
다. 겁이 없던 젊은 날의 저였지만 슬그머니 무서운 생각
이 들기 시작했습니다. 하루도 아니고 이틀씩이나 그러
니…….

그 이튿날 큰 공장 직원들과 또다시 2층에 올라가 봤습
니다. 먼지가 뽀얀 방엔 아무도 들어간 흔적이 없었습니다.
누군가 왔었더라면 먼지가 그대로 있지 않았겠지요.

그날 거래처에 갔다 오는데 공장 입구 큰길에서 무당이
거리제를 지내고 있었습니다. 작은 상 위에 촛불과 몇 가지
과일, 그리고 조그만 구두 한 켤레를 올려놓고 말입니다.

그래서 슈퍼 아주머니한테 그 까닭을 물으니 "아니 총각 몰랐어? 그저께 여섯 살짜리 여자애가 이 자리에서 교통사고로 죽었잖아." 하시는 거였습니다. 그 자리에서 공장까지는 20미터밖에 안되는데…….

그날 밤부터는 2층에서 구두 소리가 들리지 않았습니다.

그때 겪은 일을 생각하면 어린아이의 영혼이 안쓰러울 뿐입니다. 그래도 좋은 곳으로 갔겠지요. 너무나 생생히 겪은 일이라 지금도 가끔 그때 일을 이야기하곤 합니다.

현관문

10년 전 겨울, 12월 말쯤이었습니다.

저희 집은 주말에 부모님이 농장을 하시는 친척 집에 가서 일을 도와드리기 때문에 주말은 항상 저와 제 동생, 단둘이 집을 지키고 있었습니다.

토요일에서 일요일로 넘어가는 새벽. 다음 날 낮에 약속이 있었기 때문에 슬슬 그만하고 자야지 싶어 컴퓨터를 끄고 현관문을 잠근 걸 확인했습니다. 일반 주택이어서 현관문을 잠그지 않으면 바로 외부에 노출되는 터라 주말이면더 신경 쓰곤 했습니다.

시간은 대충 2시 좀 넘어서, 한 2시 반쯤이었던 거 같습니다. 현관문을 잠근 것을 확인하고 방에 들어가려던 제 눈에 현관에 불이 들어오는 것이 보였습니다.

보통 누가 가까이 가면 작동되는 센서형 전등이었는데, 그때 마침 조금 고장난 건지 사람이 가까이 가도 불이 잘 안 켜지는 경우가 많아서 이번에도 오작동이려니 하고 방에 들어가려고 했는데,

덜컹. 덜컹. 덜컹.
덜컹. 덜컹. 덜컹.

현관문이 금방이라도 열릴 듯이 덜컹거리는 것이었습니다. 잠긴 문을 열려는 듯이 현관 손잡이를 잡아당기는 소리가 계속 들렸습니다.

예전에 도둑이 들 뻔한 일이 있었기에 조금 무섭긴 했지만 "누구세요." 하고 말했습니다. 제 목소리가 밖에까지 들린 건지 잠깐 덜컹거리는 소리는 멈추었습니다만, 곧 다시 덜컹거렸습니다.

저는 강도인가 싶어 창문을 제대로 잠갔는지 확인하고 "신고하기 전에 가세요." 하고 현관을 향해 소리쳤습니다.

그 덜컹거리는 소리는 제가 누구냐고 한 뒤로도 몇 번 더 들리더니, 곧 문이 안 열려서 포기한 듯 잠잠해지고 더 이상 들리지 않았습니다.

경찰에 신고를 해야 하나 고민했지만, 소리가 들리지 않는 것만으로 조금 안심이 되어서 신고까진 하지 않았습니다. 옆집 사람이 술에 취해 잘못 찾아왔던 것일 수도 있다는 생각을 하니 더 그랬던 것 같습니다.

그래서 진정한 후에 방에 누웠는데, 갑자기 어떤 사실이 생각나면서 무서워지더라고요.

현관 앞에 자갈 소리가 한 번도 들리지 않았다는 사실이요. 저희 집은 과거 도둑이 들 뻔한 일이 있어서 대문에서 현관까지 자갈을 깔아놨는데요. 그 덕분에 누군가 대문에서 현관까지 올 때 자갈 소리로 이를 알 수 있었습니다.

개나 고양이 한 마리가 지나갈 때도 들리는 자갈 소리가,

현관문이 덜컹거리기 전에도, 덜컹거린 뒤에 소리가 잠잠해진 후에도, 한 번도 들리지 않았다는 사실이 떠올랐습니다.

그러자 갑자기 졸음이 사라지고 정신이 바로 들었습니다. 그렇게 거실에서 현관을 쳐다보면서 뜬눈으로 지새우다가 동이 틀 무렵에서야 잠이 든 것 같습니다.

다음 날 친구와 만나고 저녁에 돌아왔는데, 부모님이 하는 이야기를 듣고 소름이 돋았습니다.

옆집 할아버지가 어제 새벽에 집에서 돌아가셨다는 것이었습니다…… 혼자 계시는 할아버지께서 돌연사하셨다는 겁니다. 누군가 침입한 흔적이나 할아버지를 폭행한 흔적이 없어서 미스터리한 사건이라고 합니다.

혼자 사시긴 하셨어도 지병도 없고 건강하셔서 더더욱 알 수 없는 일이었습니다. 다만 어제 저희 집 현관을 덜컹거리게 한 일과 연관이 있는 것 같아서 아직도 그날 밤을 생각하면 잠을 이룰 수 없습니다…….

어머니의 꿈

저희 어머니께서 신혼 때 겪은 일입니다.

결혼 후 아버지와 같이 산 지 얼마 안 되었을 때쯤, 어머니께선 이상한 꿈을 꾸기 시작하셨다고 합니다.

꿈속에서 어머니는 산길을 걷고 계셨습니다. 한참 걷다 보면 늘 큰 나무가 보이는데, 나무를 올려다보면 소복을 입은 여자가 목을 매달고 죽어 있다고 합니다. 그 여자가 목 매달고 있는 모습이 끔찍하고 무섭기도 했지만 한편으론 측은한 마음이 들었다고 하네요.

그래서 여자의 시체를 내려주려고 나무를 향해 다가가는

데, 이상하게도 어머니가 한 발짝 다가서면 마치 나무가 도망치는 것처럼 멀어지고. 계속 걸어도 나무에 다다를 수 없었다고 합니다.

그렇게 계속 나무에 목을 매단 여자를 바라보다가 꿈에서 깨어나셨다고 하네요.

처음에는 시집온 지 얼마 안 돼서 너무 긴장한 바람에 악몽을 꿨나 싶었지만, 그 꿈을 며칠 계속 꾸게 되어 어머니께선 제대로 잠도 이룰 수 없었습니다.

제 할머니, 그러니까 어머니의 시어머니께선 며느리가 잠도 제대로 못 자고 피곤해하는 것이 이상했나 봅니다. 어머니께 무슨 일이 있냐고 물어보셔서 그제야 할머니에게 꿈 이야기를 하게 되었다고 하네요.

꿈 이야기를 들으신 할머니는 경악하셨다고 합니다.

"어째 그 여자가 네 꿈에 나타났다니⋯⋯."

사건의 전말은 이러했습니다.

꿈에 나타난 여자의 인상착의를 확인해보니 그 여자는 큰할아버지의 돌아가신 첩이었다고 합니다.

큰할아버지는 젊은 시절에 동물을 잔인하게 잡아 죽이는 등, 여러모로 평판이 좋지 않았는데, 어느 날 큰할아버지에게 빚을 지고 갚지 못한 사람이 대신 그 딸을 데리고 온 것입니다. 할아버지는 그분을 첩으로 삼은 거죠.

젊고 아리따운 첩을 얻으신 큰할아버지는 처음에는 무척 아껴주시는 듯하다가 시간이 흐르자 금세 포악한 성격을 드러내셨다고 합니다. 주먹질도 하고 갖은 모욕을 하다가 결국 다른 여자와 바람이 나서 집을 나갔다고 합니다. 본처는 이미 도망간 지 오래다 보니 첩으로 들어오신 그분은 남편 없이 홀로 시어머니를 모시는 수밖에 없었습니다.

그런데 큰아버지의 어머님, 그러니까 시어머니는 남편 하나 제대로 건사 못하냐면서 그 뒤로 더욱더 들볶으셨다고 해요. 한겨울에는 강의 얼음을 깨서 빨래를 해야 했는데, 날이면 날마다 멀쩡한 옷이나 걸레로 빨랫감을 한 바구니 만들어 빨아 오라고 하질 않나, 혼자 자는 사랑방에는 고드름이 얼도록 불을 빼질 않나, 언 손을 아궁이 불에 녹이려고

하면 뒤에서 찬물을 부어가며 호
통을 쳤다고 합니다.

"남편 하나 단속 못 하는 년이 무슨
아궁이 불을 쬐어?"

시어머니는 그러고도 분에 못 이기는 듯 이런 말
을 밥 먹듯 하셨답니다.

"너 같은 년은 뒈져야지. 왜 사니, 왜 살아?"

그렇게 그분은 남편의 폭력과 바람, 시어머니
의 닦달을 참아내지 못했고, 결국 목을 매달아 자
살하셨다고 합니다.

이상하게도 돌아가신 그분은 저희 친가 사람들의 꿈에는
한 번도 나타난 적이 없었다고 합니다. 어쩌면 돌아가신 그
분은 같은 며느리인 저희 어머니라면 억울했던 처지를 이
해해줄 수 있을 거라 생각하고 나타나셨던 게 아닐까 싶습
니다.

노루

저희 가족이 겪은 일입니다.

지금으로부터 6개월쯤 전, 그때만 해도 증조할머니와 증조할아버지가 아직 살아 계셨습니다.

어느 날 증조할아버지께서 길을 가시던 중 산에서 나온 산노루를 발견하셨습니다. 옛말에 산노루를 잡으면 재수 없다는 말이 있습니다. 하지만 저희 증조할아버지는 그 말을 대수롭지 않게 여기시고 산노루를 잡으려고 하셨습니다.

그런데 증조할아버지가 아무리 때려도 노루가 죽지 않더랍니다. 고생 끝에 결국 노루를 잡았고, 잡은 노루를 삶아서 증조할머니와 드셨는데 이때 이 노루 고기를 먹다가 증조할머니의 이가 빠지셨습니다.

다음 날, 할아버지 차를 타고 치과를 갔다가 오시던 중 차량이 급발진해서 논에 차량이 꽂히게 됩니다. 다행히 같이 타고 있던 다른 가족은 무사했지만 증조할머니는 팔이 부러지셨습니다.

그런데 저희 가족 중에 무당이 있는데 그분이 병문안을 왔다가 소스라치셨습니다.

"으엑. 할머니 몸에 노루 혼이 붙었잖아! 지금 당장 노루에게 제사를 지내지 않으면 어떻게 될지 몰라."

저희 증조할아버지는 그런 걸 믿지 않으시기 때문에 절대 반대하셨습니다. 게다가 의사 선생님께서도 아무 일 없이 회복이 잘되고 있다고 하셔서 저희는 안심을 하고 집으로 돌아갔습니다. 그런데 괜찮으시다던 할머니가 저녁에 갑자기 각혈을 하시더니 돌아가셨습니다.

할아버지와 가족들이 할머니의 시신을 마지막으로 보는

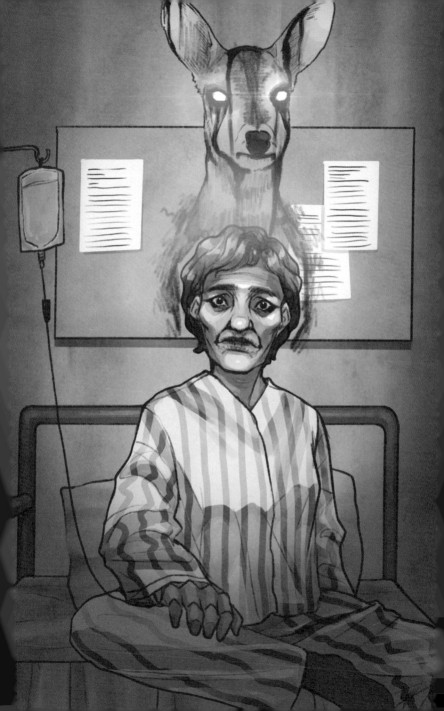

데 증조할아버지가 말씀하셨습니다.

"할멈 배에 있는 저 멍……. 그때 그 노루, 내가 배를 저렇
게 두들겨 패서 죽였어."

그 후 증조할아버지는 산노루를 잡은 걸 후회하시면서
저희에게 산노루는 절대 잡지 말라며 신신당부하셨습니다.

그때 노루에게 제사를 지냈다면 증조할머니는 돌아가지
않으셨을 것 같습니다.

제 방이 생겼어요

제가 아주 어릴 적 이야기인데요. 7살, 초등학교 들어가기 전해였다고 하네요.

그즈음, 제 친할아버지께서 돌아가셨는데요. 저는 그때 너무 어려서 장례 끝나고 할아버지를 묻는 산에는 데려가지 않았다고 하시더라고요.

며칠이 지났는지는 자세히 기억할 수 없지만 할아버지가 돌아가시고 나서 어린 나이에 저만의 방을 가지게 되었습니다. 저희 할아버지가 쓰시던 방이었죠.

그 방은 문이 2개 있었는데, 문 하나는 밖과 연결되어 있고 다른 문은 부엌과 바로 연결되어 있었죠. 부엌엔 창문이 없어서 불을 끄면 칠흑같이 어두워지는 터라 밤마다 무서웠어요. 그렇지만 제 방에서 자려면 어쩔 수 없었습니다.

제 방에서 처음 잔 날이었습니다.

한참을 자고 있었는데 희미한 목소리가 들려왔습니다. 저를 부르는 목소리였습니다.

그 목소리는 어두운 부엌에서 들려오는 것이었습니다. 엄마 목소리였기에 먹을 걸 줄 건가 싶어 일어났습니다. 그런데 엄마는 가까이 다가오지 않고 저 멀리서 손짓만 하면서 제 이름을 부르더라고요.

"○○아, ○○아–."

이상했습니다. 평소 엄마라면 이렇게 서서 절 부르기만 하는 경우는 없었습니다.

그래서 저는,

"엄마?"

라고 물었는데 대답 없이 역시 손짓만 하더군요. 미묘한 기분이었지만, 엄마니까 당연히 이불 속에서 나가려고 했죠. 하지만 등 뒤에서 누군가가 말했습니다.

"저 사람을 따라가면 안 돼. 엄마가 아니야."

낮은 남자 목소리가 등 뒤에서 들렸습니다. 깜짝 놀라 뒤를 돌아보았는데, 아무도 없었습니다. 문득 무서움이 잔뜩 밀려온 저는 냅다 문을 열고 밖으로 뛰쳐나갔습니다. 밖에 있던 세숫대야에 엎어져서 차가운 물을 잔뜩 뒤집어쓴 채로 울면서 아빠한테 갔죠.

이게 웬일인지, 엄마는 아빠와 함께 침대에서 곤히 주무시고 계셨습니다.

엄마를 흔들어 깨우니 엄마가 눈을 비비며 일어났습니다. 의아한 듯 저를 보며 왜 왔냐고 물었고, 저는 덜덜 떠는 채로 부엌에 누가 있다고, 무섭다고 말하며 울었습니다. 엄마는 부엌으로 가서, 문을 열고 불을 켰습니다.

이게 웬일일까. 엄마와 닮은 형체가 있던 그 자리에는 물 웅덩이가 있었습니다. 엄마는 설거지를 하고 항상 물기를 닦기에 부엌에 물기가 있을 리 없습니다. 그런데 그 자리에 누가 물을 부어놓은 듯 웅덩이가 있었던 것입니다. 그 물웅덩이에는 이끼까지 잔뜩 끼어서 자칫 잘못 밟으면 뒤로 나자빠질 수도 있었습니다.

만약 엄마를 닮은 그 형체에 아무 생각 없이 다가갔더라면 어린 저는 큰 봉변을 당하지 않았을까요?

저에게 엄마가 아니니까 가지 말라고 말했던 그 사람은 아마도 할아버지가 아닐까요? 장례가 끝났지만 할아버지 방엔 아직 할아버지가 계셨던 게 아닐까 싶어요.

저는 거의 기억이 없지만, 제가 하나뿐인 친손자라서 아기 때부터 무척 예뻐하고, 진지 드시고 나면 절 데리고 바깥바람 쐬어주러 다니시는 게 유일한 즐거움이셨대요. 할아버지께 너무 감사드리는 일입니다.

새벽의 방문자

제가 초등학교에 입학하기 전, 아마 예닐곱 살쯤 되었을 때 일입니다.

저희 가족은 주말이면 종종 외갓집에 놀러 가서 하룻밤을 보내고 오곤 했습니다. 저도 할머니, 할아버지를 좋아했기 때문에 열심히 가서 이곳저곳을 헤집고 왔네요. 외갓집은 평택에 있었습니다. 저희 가족은 당시 서울에 살고 있었고요.

그날도 어김없이 외갓집에 가게 되었습니다.

한참을 놀다가 집으로 오니 당연히 있어야 할 부모님이

안 계시더라고요. 동생 또한 없었고요. 제 동생은 당시 4살이었습니다. 할아버지께 물어보니, "잠깐 어디 갔다 온다고 했다."고만 말씀하실 뿐 긴 말씀을 안 하셨기에 저는 한참을 울다가 할머니 곁에서 겨우 잠이 들었습니다.

부끄럽지만 제가 응석받이라 부모님이 안 계시면 큰 소리로 펑펑 울어댔거든요. 할머니도 그 사실을 아시기에 절 바로 곁에 두시고 함께 잠이 드셨나 봅니다.

그렇게 한참을 자던 저는, 갑자기 들려오는 빗소리에 눈을 떴습니다. 눈을 떠보니 창문 밖으로 비가 내리는 게 보이더군요. 저는 한참 눈을 반짝거리다가 현관문을 바라보았습니다. 외갓집은 안방에서 자면 현관문이 보이는 구조였거든요.

그때 시각은 아마 새벽 2시. 누가 있을 리가 없는데, 현관문 앞에서 누군가가 서성거리는 게 보였습니다. 그것도 현관문이 코팅되어 있어서 형태만 보이는 상태였습니다.

문을 열어줘야 하나 싶어서 몸을 뒤척거렸더니, 주무시고 계실 거라 생각한 할머니가 제 어깨를 꼭 안으시면서 말씀하셨습니다.

"보지 말고 그냥 자."

할머니의 이상한 행동에 저는 궁금증을 참지 못하고, "저 사람 왜 집 앞에서 계속 왔다갔다거려요?" 하고 물었고 할머니는 말없이 저를 꼭 껴안을 뿐이었습니다.

그렇게 할머니의 품 안에 안겨서 그 사람을 계속 쳐다보고 있자니, 뭔가 이상했습니다. 분명 밤인데도 이상하리만치 밖이 밝았던 겁니다.

그 사람은 긴 검은색 머리에 하얀색 옷을 입고 있었습니다.

현관문에서 가만히 계속 저를 쳐다보더니…….

"아아아…… 아아아……."
"아아아…… 아아아……."

이상한 소리를 내다가 갑자기 분에 못 견딘다는 듯, 밖에 있던 바가지 같은 것으로 쏟아지는 빗물을 받기 시작했습니다. 그러고는 천천히 그 빗물을 자신에 몸에 뿌리기 시작했습니다.

할머니 품에서 두려워하다가 어느새 잠이 들었던 것 같습니다. 다음 날 일어나 그때의 기억을 회상해보던 저는 갑자기 엄습해오는 두려움과 공포에 울음을 터뜨렸습니다.

한참을 울고 있는데 어느새 부모님과 동생이 돌아와 있더라고요. 알고 보니 부모님과 동생이 저만 빼놓고 삼촌댁에 다녀오신 거였죠.

"엄마 아빠가 나 놓고 가서 귀신 봤잖아!!!"

이렇게 소리 지르면서 부모님 품으로 파고들었던 기억까지 또렷하게 나네요. 이제는 할머니가 돌아가셔서 그게 뭐냐고 물어볼 수도 없지만, 아직도 생각합니다. 대체 그 여자는 누구였기에 집 앞에서 계속 서성거렸던 걸까요?

아우성

제가 어렸을 적, 여름에 부모님께서 겪으신 일입니다.

그날도 두 분은 아침 일찍 점심거리로 양은도시락에 밥이랑 반찬을 싸고 아침 일찍 밭으로 향했습니다. 아침에 밭에 가서 저녁때 올 요량으로 도시락을 싸셨던 모양입니다.

그 밭을 설명하자면 해가 늦게 들고 일찍 지는 조금 골짜기인 데다 산길로 들어서서 조금 가다 보면 길가엔 상을 치를 때 쓰는 상여집이 있습니다. 지금 기억으로도 그 상여집을 지날 때는 발밑이 서늘해지고 머리끝이 바짝 설 정도로 무서운 느낌이 들었던 길입니다.

그날은 날씨가 참 좋았었다고 합니다.

골짜기 끝까지 가면 산 아래 밭 한 뙈기, 산허리를 조금 돌아 나가면 또 밭 한 뙈기가 있었습니다. 어머니는 아래 밭에서 큰 돌을 골라내는 일부터 시작을 하셨고요. 아버지는 위의 밭에서 밭을 갈아엎고 계셨답니다. 점심에는 골짜기에서 내려오는 샘물을 받아 물 마셔가며 함께 드시고 오후에 또 나눠서 일을 하셨습니다.

그런데 얼마 지나지 않아 하늘이 어둑어둑해지더니 급기야 억수 같은 비가 쏟아지기 시작했습니다. 뜨거운 햇살 아래서 농사일을 하자니 몸이 탈 것 같았는데, 마침 소나기가 내리니 차라리 잘됐단 생각에 농사일을 멈추지 않았습니다. 어차피 소나기라 곧 멈출 테니까요.

그러나 생각보다 비는 세차게 오래 퍼붓는 듯했습니다. 두 분 다 내려가야 하나 고민하면서도 일손을 놓지 못했습니다. 한치 앞이 안 보일 정도의 굵은 빗줄기, 비탈진 밭을 타고 내려가는 황톳빛 물…….

어머니는 괜한 걱정에 큰 소리로 아버지를 부르셨습니다.

"OO 아버지 그냥 집에 가요~."

그때 갑자기 산속에서 웅성웅성하는 소리가 들리기 시작했습니다. 남자 목소리 여자 목소리가 섞여서 들려오기 시작했습니다. 군홧발 소리도 들리고 군대 지휘하는 소리도 들리고 총소리도 들리기 시작했습니다. 어머니는 너무 무서워 산 밑을 향해 달려 내려가기 시작했습니다. 그때 갑자기 위 밭에서 후다닥 뛰는 소리가 났습니다.

아버지였습니다. 아버지께선 비명을 지르시며 정신없이 뛰어내려 오셨다고 합니다.

"빨리 내려가~ 빨리~."

아버지는 무엇을 보신 듯 어머니보다 더 정신없이 산을 달려 내려오셔서 두 분은 미친 듯이 달려 집에 도착했습니다.

이윽고 정신을 차리고 아버지가 말씀하셨습니다. 숲속에서 총을 든 군인들이 나오기에 훈련을 받나 싶어 아는 체를 했답니다. 그런데 그들은 대답도 없이 사라지더랍니다. 동네에서 멀지 않은 곳에 군부대가 있기 때문에 별 신경을 쓰

지 않았는데, 갑자기 군인이 여기저기서 나오기 시작하고, 남루한 차림의 북한군이 한데 섞여 떼로 몰려오기 시작했 답니다.

피를 흘리는 사람, 팔다리가 없어 절뚝거리는 사람, 머리통이 깨지고 피를 토해내는 사람……. 표정들이 하나같이 창백했었다고 합니다. 아래 밭에서 어머니가 들었던 총소리와 군홧발 소리가 그 소리였던 모양입니다.

저희 시골은 6.25 때 유명한 격전지 중의 하나였다고 합니다. 그래서인지 여름이 되면 그들의 유령이 종종 목격된다고 하네요.

발소리

저는 수면 장애가 있습니다.

꿈은 거의 매일 꾸는 편이고, 깊은 잠이 드는 새벽녘이 아니면 작은 소리에도 예민하게 일어나곤 합니다. 이러니 잠자리가 바뀌는 날에는 거의 뜬눈으로 밤을 새웁니다.

제가 그 발자국 소리를 처음 들은 것은 아마 중학교 때쯤으로 기억합니다.

그날은 마침 방학이었고 그때부터 불면증 끼가 있었던 저는 그날도 역시나 책을 읽으며 혼자 밤을 지새우고 있었던 것 같습니다.

한참, 책에 집중하고 있는데…… 먼 곳 어딘가에서 발자국 소리가 들렸습니다. 그것도 한두 사람의 것이 아닌…… 수십 수백 명의 사람들이 열을 맞춰 가는 규칙적인 발소리가요. 고요한 새벽에 들리는 것은 먼 곳에서 점점 가까워지는 발자국 소리뿐이었습니다.

사람 소리는 전혀 나지 않고 조금 빠르게 걷는 듯, 일정한 간격으로 저벅저벅거리는 발소리만 한참을 들리다가 사라지더군요.

당시 집은 성북구 장위동의 큰길가에서 두 블록 정도 들어간 주택가였습니다. 가까이 대학이 세 군데나 있었고, 당시는 군부 독재 시절로 대학생들의 시위가 빈번했습니다. 초등학교 때는 인접한 대학교에서 경찰들이 최루탄을 터트리는 바람에 단축수업을 하고 집에 들어온 적도 있었습니다. 그래서 어린 마음에도 경찰이나 군인들이 한밤중에 이동을 한다고 생각했었습니다.

그날 이후로, 잊을 만하다가도 잠이 들지 못해 새벽까지 깨어 있는 날이면 그 발자국 소리를 들었습니다.

많은 사람들이 이동을 하는 저벅거리는 발소리. 꼭 TV나 영화의 효과음 같았어요. 지금 생각하면 그 정도 사람들이 지나간다면 말소리라도 들려야 할 텐데, 이상하게도 오직 들리는 건 발소리뿐이라니요.

그때는 그렇게 가끔 그 발자국 소리를 들어도 이상한 현상이라고는 생각하지 않았습니다.

그런데 몇 년 후, 고등학생 때였습니다.

친구네 집엘 놀러 갔다 잠을 자게 되었는데, 역시나 잠자리가 바뀌어 잠을 못 자고 또 뒤척이고 있었습니다.

그런데 새벽녘에 어디선가 또 들리는 겁니다.
발자국 소리가…….

친구네 집은 상계동에 있는 아파트 11층이었습니다.

집에서 잠 못 드는 밤이면 꼭 듣곤 했던 그 소리가 친구네 집에서도 들리는 것이었습니다. 친구와 저는 친구네 집 거실에서 아파트 베란다 문을 열어놓고 잠을 자고 있었는

데 역시 이번에도 발소리는 먼 곳에서 점차 가깝게 들리다가 또 사라지더군요. 마치 수많은 사람들이 제 옆으로 지나갔다가 사라진 것처럼요.

바로 옆으로 지나간 것처럼 생생한 소리에 소름이 끼쳤습니다. 이 동네에서도 이렇게 많은 사람들이 줄지어 이동을 하나? 아니 이런 고층 아파트에서 발자국 소리가 어떻게 바로 옆에 지나가는 것처럼 가까이 들리지?

다음 날 친구에게도 물어봤지만, 코까지 골며 자던 친구는 아무것도 모르더군요.

혹시 제가 이명을 앓고 있는 건 아닌가 싶어 병원을 찾아가 보기도 했습니다. 하지만 제 귀에는 아무런 이상이 없었습니다.

저는 요즘도 잠 못 드는 밤이면 그 소리를 듣습니다. 그래서 더욱 잠자기가 두려워집니다. 어디를 향해 가는 어떤 이들의 행렬인지 몰라도, 어느

순간부터인가 저도 그 행렬에 동참하고 싶다는 생각까지
듭니다.

저벅저벅. 저벅저벅.

오늘 밤도 허공에 발을 굴러봅니다.

괴상한 추격자

저는 자주 다니는 PC방이 있습니다.

집 앞 1분 거리에 있는 곳이라서 거의 매일 출석합니다. 알바생들과도 친해진 지 오래고 그 PC방 단골들하고도 안부를 주고받곤 합니다.

그 단골 중에 고등학생 녀석들도 3명 있는데요. 학교도 거의 매일 조퇴하고 담배에 오토바이에, 비행이란 건 다 하는 날라리 애들입니다.

앞서 말했듯이 저희 집은 그 PC방과 가깝습니다. 또한 녀석들이 애용하는 오토바이 라이딩 코스와도 맞닿아 있습니다. 평소 오토바이 타는 소리가 들려 나가보면 장관이 펼쳐져 있습니다. 한 오토바이에 3명이 옹기종기 붙어서 뭐 하는 짓인지 자다가도 이 생각만 하면 웃겨 죽습니다.

문제는 그날 새벽이었습니다. 평소 큰 소리를 내며 오토바이를 타는 녀석들이 아닌데 그날따라 술 마신 것처럼 고성방가하며 오토바이를 몰더군요. 아무리 막 나가는 애들이지만 심한 것 같아서, 다음 날 잔소리 좀 해야겠거니 하고 잠자리에 들었습니다.

다음 날 PC방에 가보니 그 녀석들이 없었습니다. 매일 오는 애들이라 당연히 있을 거라 생각했는데 없었습니다. 그 다음 날에도, 그다음 날에도 보이지 않더군요. 전 녀석들이 사고가 나지 않았나 걱정이 되기 시작했습니다.

열흘도 더 지난 어느 날, 녀석들이 PC방에 와 있었습니다. 반가운 마음에 음료수를 사주며 물었습니다.

"너희 어디 갔었냐? 뭔 일 있어?"
"……형, 사실 우리 그동안 입원했었어요."

겉모습은 멀쩡했습니다. 다만 초췌한 얼굴일 뿐.

"멀쩡해 보이는데 약 했냐?"

"아니, 형 그게 아니고요…….."

셋 중 한 명 이름이 재한이었는데, 재한이의 부모님이 집을 비운 어느 날 사건이 일어났다고 합니다.

"오늘 우리 집 비는데 오랜만에 술판 함 벌여볼까?"

"오 웬일이고?"

"마침 술 땡깄는데 잘됐구마."

이렇게 재한, 명수, 지훈 이 셋은 밤샐 기세로 죽어라 놀기로 결심을 했었다네요.

먼저 1차로 노래방에 다녀온 녀석들은 2차로 PC방에 갔었답니다. 그러다 게임에 너무 심취한 나머지 거의 자정 무렵에 PC방을 나섰습니다.

"야들아, 저기 봐라."

"이 시간에 길도 어둡고 무거울 낀데."

"역시 남자는 노인 공경을 해야 되는 기라."

PC방을 나서 오토바이를 끌고 가는 어두컴컴한 길에 차도 사람도 뜸한 그 시간에 어떤 할머니 혼자 무거운 짐을 지고 다리를 건너가는 모습이 보였답니다.

"할매요, 이 시간에 어디 가십니꺼?"

"할머니 그 짐 무거울 낀데 저희가 들어 드릴끼예. 이리 주소."

이때 명수가 이상한 표정으로 갑자기 가자는 겁니다.

"시바 걍 가자."

"와 그라노? 니 그래 살믄 지옥간데이."

그런데 지훈이도 뭔가 낌새를 알아채고 재빨리 오토바이에서 내리려다가 갑자기 속력을 내며 달리기 시작했답니다.

"니 와그라노, 빙시야 떨어질 뻔했다이가."

"……저 할매 뭔가 이상하다. 짐도 엄청나게 커서 우리도 못 들 거 같은데…… 그래, 눈까리, 눈까리도 검은자밖에 없더라."

　　대수롭지 않게 여기고 속도에 정신이 팔릴 무렵, 이때 맨 뒤에 타고 있던 명수가 뭔가를 느끼고 뒤돌아봤답니다.

"으아악 시바 저게 뭐고. 시바아아아."
"으아 으아, 시발."
"이이힉 아아악 시바아아."

　　그 할머니가 한 손으로 자기 몸만 한 짐을 머리에 이고 한 손엔 시퍼렇게 날이 선 식칼을 든 채 오토바이와 맞먹는 엄청난 속도로 뛰어오고 있었답니다. 집 앞에 도착할 무렵 엄청난 코너링으로 겨우 떨쳐내고 도착했답니다. 지훈이가 말하길 자기가 운전한 것 중에 이보다 더 잘한 적도 없고 앞으로도 없을 거랍니다.

"저거 뭐였노, 시발."

"아오. 너거 점마 얼굴 봤나? 한 백 살 가까이는 됐을 낀데 시바 난 맨 뒤라서 거의 닿을 뻔했다이가. 시발."

"니미…… 울집까지 쫓아오는 건 아니겠제?"

셋은 거의 울기 직전이었다고 합니다. 그런데 그때.

쿵쿵쿵쿵쿵쿵쿵-!
쿵쿵쿵쿵쿵쿵쿵-!
쿵쿵쿵쿵쿵쿵쿵-!

숨을 겨우 돌릴 찰나 격한 노크 소리가 현관문에서 들렸다고 합니다. 놀란 재한이가 초인종 카메라로 그 모습을 보니 그 할머니가 그 칼 손잡이로 자기 집 현관문을 계속 치고 있던 것입니다.

명수는 재빨리 112에 신고를 했답니다.

"저, 저, 저기요, 빨리 와주세요. 뭔 미친놈이 칼 들고 집 앞에서 문 두들겨요. 빨리요."

"주소가 어떻게 되십니까?"

"미, 밀양시 삼문동 ○○○번지요, 빨리요. 제발."

이때 카메라를 주시하고 있던 재한이가 소리를 지르더랍니다.

"으아아아아아아악~!!"

그 뒤로 세 명은 정신을 잃었고 눈을 떠보니 병원이었다고 합니다. 뭐 때문에 소리 질렀냐고 묻자, 재한이가 보니 할매가 담을 폴짝 뛰어넘어서 왔다더군요.

그 모습을 보고 기절했는데 깨어보니 부모님하고 의사, 경찰들이 서 있었답니다

"우리 어떻게 된 거예요?"

경찰 아저씨가 말씀하시길,

"우리가 출동 명령 받고 가곡동 다리 건너가는데 어떤 할매가 요상하게 건너는 기라."

"할매요?"

"그래, 한 손에 엄청나게 큰 짐 지고 자세히 보니 한 손으로 뭘 끌고 오는 기라. 난 새벽에 어디 시장 가는가 싶어가 생각해보는데 시장 방향하고 정반대인 거지. 자세히 보니까 너거들한테 무슨 새끼줄 꼬아가 왼쪽 손목에만 묶어서 그래 끌고 오대."

셋은 놀라서 자신들의 손목을 쳐다보니 피멍이 들어 있더랍니다. 당연히 식겁했겠죠.

"그래가 차에서 내려서 '당신 뭐야!' 하고 소리치면서 다가갔다만 대우아파트 뒤쪽에 기찻길 밑에 풀숲으로 바로 도망가드라."

그 셋은 동시에 서로 얼굴만 쳐다볼 뿐이었습니다.

"와 이제 밤에 못 댕기겠네."
"시바! 깜짝이야."

어느 틈엔가 알바도 옆에서 이야기를 듣고 있더군요.

"형 근데 그거 정체가 뭐였을까요?"

"글쎄……."

이 이야기를 들은 저는 아무 말도 잇지 못했습니다.

잠들 수 없는 밤의 기묘한 이야기

http://thering.co.kr

'잠들 수 없는 밤의 기묘한 이야기'는 도시 괴담, 실화 괴담 등 여러 괴담을 중심으로 공포 만화, 공포 영화, 공포 게임 등 공포에 관련된 전반적인 소재를 다루는 블로그로 공포물에 대한 인식 변화 및 저변 확대를 위해 노력하고 있다.

공포 소설 시리즈

+ + +

잠들 수 없는 밤의 **기묘한 이야기**

128*258 | 송준의 엮음 | 184쪽 | 8,800원

도시화가 가속화되면서 생겨나는 불안을 배경으로 형성된 도시괴담. 떠도는 괴담처럼 보이는 이 이야기들은 바로 옆집에서, 또는 나에게 직접 일어날 수 있는 일입니다. 천만 네티즌의 등골을 서늘하게 했던 공포 시리즈의 전설이 시작됩니다.

정말로 있었던 **무서운 이야기**

128*188 | 송준의 엮음 | 236쪽 | 9,500원

공포! 그것은 어디에서 오는 것일까요? 어쩌면 공포심이란 건 각자의 마음이 지어낸 상상의 산물일 수 있습니다. 그러나 진짜 무서운 일을 겪은 사람은 상상이 아닌 실제의 공포가 얼마나 섬뜩한 것인지를 압니다. 이 책에 담긴 45개의 이야기는 누군가 실제로 겪은 공포 체험담입니다.

죽은자들의 방문 **무서운 이야기** II

128*188 | 송준의 엮음 | 281쪽 | 9,500원

공포 이야기는 우리 인간에게 언제나 묘한 매력을 발산합니다. 너무 무서워서 피하고 싶으면서도 한편으론 호기심에 더 들여다보고 싶어지는 게 바로 공포 이야기입니다. 도시 괴담, 학교 괴담, 군대 괴담의 세 파트로 나뉜 32개의 공포 체험담을 소개합니다.

영혼의 조종자 **무서운 이야기** III

128*258 | 송준의 엮음 | 281쪽 | 10,000원

기존의 공포 소설이 작가의 억지스러운 상상을 통해 나온 것에 비해 직접 체험한 이야기를 실었다는 점에서 공포의 격을 달리합니다. 가장 현실적인 이야기들만 다루었기에 읽고 난 뒤 밀려드는 공포는 가히 메가톤급! 45개의 이야기를 알차게 담았습니다.

공포의 그림자 **무서운 이야기** 더 파이널

128*258 | 송준의 엮음 | 236쪽 | 10,000원

천만 네티즌의 심장을 얼린 무서운 이야기의 결정판! 훔쳐보는 눈 령(靈), 죽음의 밧줄 살(殺), 어둠의 시간 묘(妙). 세 파트로 나뉜 39개의 이야기가 숨을 곳 없는 당신의 방으로 찾아갑니다. 책을 드는 순간 끝나지 않을 공포가 스멀스멀 펼쳐집니다.